泰来作协文萃

主编 李齐军

黑龙江人民出版社

图书在版编目(CIP)数据

泰来作协文萃/李齐军主编. —哈尔滨:黑龙江人民出版社.2019.1
ISBN 978-7-207-11600-0

Ⅰ.①泰… Ⅱ.①李… Ⅲ.①诗词—作品集—中国—当代②散文集—中国—当代 Ⅳ.①I217.1

中国版本图书馆CIP数据核字(2019)第019931号

责任编辑:王 琳
封面设计:笑 彦

泰来作协文萃

李齐军 **主编**

出版发行 黑龙江人民出版社
地址 哈尔滨市南岗区宣庆小区1号楼(150008)
网址 www.hljrmcbs.com
印 刷 永清县晔盛亚胶印有限公司
开 本 787×1092 1/16
印 张 11.5
字 数 210千字
版次印次 2019年1月第1版 2021年6月第2次印刷
书 号 ISBN 978-7-207-11600-0
定 价 38.00元

小城文人　风采卓然(序言)

宫淑琴

《泰来作协文萃》一书即将付梓出版了。

这部书,是在县委、县政府的关怀和支持下,县委宣传部、县文联的引导下出版的。董学章老师是结集出版这本书的建议人,并出部分资金赞助。

此文集收录了85位作协会员的文章。作者最大年纪80岁,最小年纪20多岁。不但有退休的大学教授、知名作家、文化媒体董事长,还有退休的机关干部、教师、医生、公安干警、工人、农民、私企老板、在校的大学生、自由职业者等。从作品体裁看,有散文、诗歌、诗词、音乐剧脚本等。

泰来作协成立六年来,发现、培养、聚集了一大批热爱文学创作者。尤其近几年来,作协会员的创作热情十分高涨,创作水平不断提高,涌现出一些比较优秀的文学作品。这些作品从不同层面、不同角度抒发了作者热爱生活、热爱祖国、热爱家乡、热爱岗位的美好情怀。

这些作品中,赞美家乡的居多。尤其身在外地的作者,他们的文章里满满的乡愁。董学章的《乾德门山记》中写道:“中年之后远徙他乡,家山有时牵魂入梦,恍若仙境。故此间吾每有诗文问世,必署名‘乾德山人’。”“赋闲岁月,曾游历世上好多名山,从泰山、天子山到富士山和阿尔卑斯山,各俱雄奇俊美。然令吾不能忘怀者,唯有乾德门山。”家乡又与童年相牵,童年便是故乡的味道。温明远的《在海南,我迷失了过年的感觉》中写道:“过年的标志就是冰,就是雪。”然后详细描写小时候在农村过年的景象:杀猪、冻猪肉、包黏豆包等等。“冰和雪是永存的记忆;冰和雪是快乐的使者。有了冰和雪,才有了北国西满人红红火火热热闹闹的新年春节。”远方的《童年——老年》回忆童年的趣事,即使到了老年,缠绕心头的依然是童年家乡的情愫:“走着,一缕忧思,一份乡情,像一只远行的船,扯起了帆。”

作品中有好多赞美亲情的文章。李齐军的《我的父亲》坦诚率直地诉说对父亲的挚爱之情,感人至深。“父亲很平凡,但他的爱是伟大的。父亲很坎坷,但他的精神是伟大的。”杨桐的《追忆》以饱满的深情追忆去世十几年的爱妻。许晓玲的《有外婆,才有澎湖湾》,黄河的《姥姥的柳条筐》等文章,用最亲切的笔触赞美亲情的厚重。

作品中,不乏赞扬社会新风,爱岗敬业等优秀品质的文章。栾石玉的《招手奇遇》讲述了一个售票员热心为穷困的老大爷免票并热情服务的故事。王俊秋的《“傻子屯”情结》讲了一个帮助特困生继续读书的故事。赵萍的《传承》,王君的《默默奉献的刘永颜》讲述了孝敬老人的故事。这些故事褒扬的是中华民族的光荣传统,是新时代的社会美德。吕志喜的《五月,如歌的行板》:“我爱五月,更爱这身淡淡的警衬,伴着淡淡的天空,尽显如此的祥和,如此的宁静、清澈、幽远、高洁……”把一个民警的心怀描写得那么充满柔情。

有些作品,倾情赞美祖国,敬慕英雄,弘扬正气。张青山的《永远缅怀毛泽东》、王德江的《一片春心付海棠》、孙凤山的《永远的丰碑》、滕剑锋的《张卓将军初浅印象》等文章歌颂伟人毛泽东、周恩来,传承凛然正气。赞美家乡的英雄张平洋将军的英雄事迹,以示后人借鉴效仿。

这些作品中抒发闲情逸致,赞誉太平盛世,酷爱自己事业的文章占有一定的比例。田友的《快乐的退休生活》讲述了退休以后积极参加社会活动,参与县作家协会、诗词协会等文化群体的工作,发挥余热,乐此不疲的体会和感受。刘辰的《赏叶》通过对树叶的观察,通过叶子一年四季的变化,写出了平凡孕育着伟大的哲理。毛淑华的《郊游漫记——走进春天》用细腻的手法、清丽的文字描写了春天的景物变化,抒发了热爱生活,赞美春天的情怀。李云吉的《醉墨草堂》写自己的书房:“醉墨草堂,心灵的驿站,好友们的醉翁亭,陶醉了我,也醉了大家。生活就是这么简单,有这样一个草堂足矣!”孙显昌的《不懈追求,何计春秋》:“然而书画却是我的挚爱,一个穷极一生的爱好,可与之痴迷,为之癫狂。”刘彩凤的《品茶》、徐巍的《红宣缘》、李幸的《泰湖季景》、徐文进的《百年老柳与祖父》、赵静杰的《月夜有思》等文章都用最精致的文字赞美生活，抒发心灵深处最美好的情愫。

还有一些作品各具特色。王宏霞的电影观后感《今天，是你余生的第一天》以犀利的文字剖析了人生，以独特的思维面对人生。尚铁群的《泰湖时刻》写出了对泰湖湿地公园发展趋势的畅想。杨喜魁的《戏说体验》展现了自己参与拍摄电视短片的体会。刘晓文的《走出麻将馆》提出了从习惯上改变人，扶贫先扶志的理念。这些作品的内容丰富多彩，展现了小城文人的绚丽风姿。

在本书的作品中，有 17 位诗词爱好者创作了 158 首格律诗、词，作品堪称精致。孙成文的《强国梦》《田园小诗（二首）》，蔡友的《春耕在天堂》，高玉平的《山居》，于海涛的《秋宴》，刘敬芝的《岁月》等作品描绘了田园风光，展示了作者的家国情怀。

有 13 位作者创作了 19 首诗歌，贾艳春的《秋季里的情诗》，“收获如期而至，你将最美的一面交给遇见，沉醉在爱的世界，何惧叶的飘零 ……”李文艳的《看海》，王桂莲的《一盏灯》，徐永生的《乡愁》，吴玉芝的《相思那片雪》，沈晓枫的《五月的丁香》等作品通过对身边景物的描写，抒发了内心深处最美好、最纯净的情结。

最值得一提的是在小城文人队伍中，有年近耄耋的老者，倾心创作，以自己大半生积淀的人生感悟写下了隽永的诗篇。李印权，1938 年出生，在县法院退休后，加入诗词协会、作家协会，笔耕不辍。最年轻的是 1997 年出生的，在读的女大学生杨立。不论是年届八旬的老者还是朝气蓬勃的青年，他们都用文字书写自己的人生，描绘最美的青春，抒发最浪漫的情怀。

纵观 85 位作协会员的作品，真可谓文采纷呈。作者用生动的文字、灵动的情思、细腻的笔触赞美生活、讴歌时代、畅想未来；褒扬时代新风，敬畏大自然的神奇；挖掘生活之美、自然之美、心灵之美、人性之美，满满的正能量。萦绕于心的是乡愁；割舍不断的是血脉相连的亲情；世代传承的是尊老孝亲、和谐互助、无私奉献的美德；弘扬光大的是至善至美的中华民族的优良传统。

诚然，小城文人必定受地缘因素的影响，视野有限。小城有限的文化氛围制约着文学创作的交流与提高，致使个别文章水准不高。然而，这些因素，阻挡不了文人对文学创作的酷爱与执着。这 85 位作者，堪称小城文人，当之无愧。因为每个人都有一个文学梦,都在圆自己的梦,用自己的心灵书写人生。

我们虽然不是绚丽的牡丹,也不是馨香的百合,却以最坚韧的毅力与执着奋进的精神不断地追寻,倾情绽放。我们是最接地气的马莲花、太阳花、野菊花,有着顽强的生命力,在泰来这片沃土上大展风采!相信不久的将来,小城文人更多的作品必定会走出县城,走出省城,走向全国!

衷心地祝愿小城文苑沐浴时代新风,承中华民族之优良传统,扬文化之乡之底蕴,花团锦簇,异彩纷呈。身居泰湖之滨,心怀天下格局,唱响豪迈之歌,写就新时代文化新篇章!

特别值得一提的是董学章老师。他怀着对家乡泰来的一片痴情,对家乡文学创作的炙热情怀,对家乡作协人全力支持之爱心,积极倡导为泰来文人写传,为泰来文人著书立说。董老师这厚重的乡情激励着泰来文学爱好者的创作热情,积极参与这本书的创作。

衷心地感谢县委、县政府的支持和董学章老师出资赞助本书出版!相信,此文集的出版必将推动泰来文学创作走向繁荣!

2018年6月17日

目　　录

温明远，1949 年出生于泰来县和平镇宝青村，在克利镇乾德村王老道屯长大。长期在司法行政部门工作。现为泰来县作家协会名誉主席。曾参加编写《中华人民共和国政务大辞典》《中国劳改学大辞典》《监狱行政学》。主要作品有：论文集《自留田笔耕录》，散文集《足音》，长篇小说《三家孩子一个妈》《哈尔滨圣·尼古拉教堂大钟谜案》《丰碑》。

在海南，我迷失了过年的感觉

直到老伴拉我上街买春联，见到那琳琅满目熠熠生辉的各种对联、吉祥物，心里才一惊：年关到了。

我仔细检讨自己，究竟是什么，让我迷失了过年的感觉？

我寓居在海南岛的南海岸边。北方数九隆冬的季节，这里却依然是艳阳高照的夏天。走出室外，满眼是翠绿葱郁的树，姹紫嫣红的花。漫步笑谈的人们，或短衣短裤，或轻纱长裙，间或有人打着凉伞。他们一脸笑容，一身从容地游动在绿巷花墙之中，尽情地享受着大自然赐予的慈与爱。这景、这人，共同勾勒了一幅美轮美奂的图画。就是这，让我不知今夕是何季何月了。

于是，我想到，从小生活在北国西满的我，过年的标志就是冰，就是雪。

下雪了，上冻了。田野一片白，河水凝固了。

小时候的我，知道一年将要结束了，就要迎接新年过春节了。那时在农村，还不知道有公历新年，只知道春节叫过年。过年是我们一年的期盼。

父亲张罗请人帮助杀猪。把猪肉用雪埋在院子里，再浇上水，水又结成了冰，把埋肉的冰块雪块固定在一起，既保鲜又防野狼野狗来偷。

母亲忙着蒸黏豆包,包饺子。黏豆包、饺子冻硬了以后,放在一个大缸里,够一个正月吃的了。

我穿着母亲做的新棉鞋,戴着狗皮帽子,套上棉巴掌(不分手指的棉手套),在外面疯着,野着;溜冰,打尜,捉迷藏。跑在雪地上,脚下嘎噔嘎噔响。脚上的鞋不一会儿就沾上了雪,变成了高跟鞋。

父亲从冰雪中把猪肉刨出来,院子里飘着浓浓的炖肉的香味。我们知道,春节已经到了。

家家贴上了对联,贴上了年画。穿上新衣新裤,我们提着灯笼到院子里放鞭炮。雪花落在帽子上、衣服上,也落在了灯笼上。从棉巴掌里伸出手,捂一捂冻得没有了表情的脸,暖一暖说话合不上牙的嘴。眼见红红火火的一片灯光,听着噼里啪啦的鞭炮炸响的声音,不肯进屋。

炖猪肉、炖小鸡、熬(红烧)鱼,这是过年才能吃到的美餐;花生、瓜子、冻秋梨、糖球、槽子糕(蛋糕),这些都是过年才能享用的零食。这些都是盼了一年才有的啊。

迷迷糊糊地守岁,听大人们说着拜年的吉祥话。煮饺子之前,父亲给毛驴送去一盆事先焖好的高粱米饭,口中叨咕着:“打一千,骂一万,过年给可劲吃饱饭。”期许新的一年里毛驴拉车拉磨多出力。母亲让姐姐把猪轰起来(喂食),母亲问:“猪上食吗?”姐姐答:“吃了,上食,胖了。”盼望新的一年里猪多吃食多长膘多长重量,能换回一家人一年的零用钱。煮饺子时,有了破皮漏馅的饺子,母亲一定说“挣了,挣了”,而不说破了。饺子端上桌时,母亲又让该谈婚论嫁的哥哥搬一下猪油坛子,意思是动了“荤(婚)”,该娶媳妇了。

初一一大早,母亲就喊我们起来,让我们穿好衣服到亲友、长辈、邻里家去拜年。小孩子们乐此不疲,雀跃前往,为的是能得到压腰钱,外加一捧花生、瓜子、几块糖。有了收获,跑到外面,踏着雪,和玩伴们交换着刚收到的吃食,推推搡搡的,倒在雪地上一起撒欢,一边打滚,一边不忘扔一块糖球,含在嘴里,心里甜个透。

冰和雪,是永存的记忆;冰和雪,是快乐的使者。有了冰和雪,才有了北国西满人红红火火热热闹闹的新年春节。

我做了候鸟,远离了冰和雪,过年的感觉淡了。

今天,是过年了吗?

宫淑琴，女，1951年出生，笔名素心，黑龙江省泰来县人。中共党员，2011年在齐市政协退休。2005年被省诗词协会推荐为省作家协会会员，并被县诗词社推荐为国家诗词协会会员。现被聘为泰来县作家协会、诗词协会名誉主席。

心若幽兰远

——读毕淑敏散文有感

毕淑敏的香淑系列散文集《做一个有香气的女子》的副标题是“心若幽兰远”，我很喜欢这句话。

在这部散文集的自序里，毕淑敏通篇写的是兰花。开头便写道：“在中华文化中，什么是天下第一香？是兰花香。”

“古人赞‘兰之香，盖一国’。兰花以它特有的叶、花、香独居四清（气清、色清、神清、韵清），其香也淡，其姿也雅，给人以高洁、清丽的美好形象，被喻为花中君子。”

作者倡导向兰花学习，要有一点精神，“希望每个女子的精神世界，都是遍植兰花，香芬悠远”“望你在心灵深处，埋下兰花的种子，终于有一天，你的心灵的香气，会旷日持久地飘荡和远播”。

以上几段文字让人心生兰韵，似乎闻到了兰花淡淡的幽香，悠远绵长。

我们何尝不去做一个心若幽兰、香气四溢的女子呢！

兰之香气，不是胭脂粉黛，不是穿金戴银，不是妩媚艳丽。兰之香气是与生俱来的高雅，是心灵深处的豁达，是散发书香的气质。

高雅，是内在气质的一种外在表现，言谈举止有较高的风雅度和令人欣赏的情趣和风格。在这些优良的表现中，最能打动人的是微笑。一个微笑，足以震撼一个人的心灵。这微笑犹如兰花的花蕊散发的香气，沁人心脾；这微笑，能拉近人与人之间的距离，有亲切感；这微笑，能抚慰人的心灵，传递信任和温暖；这微笑，能化解纠结，化干戈为玉帛。淡淡的微笑，是女子高雅的极致。只要我们以发自内心的微笑面对生活，我们的生活就会充满阳光和芬芳。

豁达，是一种品格和美德，是大度和宽容，是乐观与豪爽，是开朗与洒脱，是人生中的最高境界之一。豁达，更是一种博大的胸怀和自信的气度。作为一名女子，面对社会和生活，必须学会坚韧和自信，相信自己的力量，才能具有开阔的胸怀；相信自己的力量，才能包容这个世界；相信自己的力量，才会稳健前行。正如毕淑敏写的那样："爱慕自己，你就是夏日里的香气。"

气质，泛指一个人的姿态、相貌、衣着、性情、行为等结合起来的整体表现，源自内心深处的修养。它体现在一个人适宜的服饰，儒雅的言行，智慧的头脑，慈善的心灵。这里最重要的是内心世界的纯正和洁净。毕淑敏在《内心的洁净》一文中，写了关于参加时装发布会的体会，她不追求时尚的华服和知名的品牌，而在意衣着的整洁和高雅。她写道："华贵表达着你的财富，而洁净证明着你的品质，衣服只是外在包装，内在的精神洁净才是最重要的。"所以，我觉得，一个女人的气质来自自身的阅历。勤于读书，乐于思考，勇于实践，才会高雅、聪慧、淡定、从容，散发着浓郁的书香。这样的女人才是兰心蕙质，馥郁芬芳，美丽清芬。毕淑敏在《柔和的力量》一文中写道："女人需要美丽。美丽，是女人最初也是最终的魅力。""美丽的女人是和谐的，柔和的，持久的。"

美丽的女人拥有善良、智慧、坚韧、果敢、顽强的气质。所以，我们应该做一个有香气的女子，心若幽兰，必芳香持久。

2016 年 8 月 6 日

远方，原名丛振谦，1963 年出生于泰来县汤池镇小李地房子。北京热点传媒公司董事长，著名作家、编剧、画家，泰来县作家协会名誉主席。

童年—老年

天天盼过年，恨不得把日历一下子撕完。盼穿新衣服，盼得压岁钱。这时的天很蓝，云很淡，草很绿，花很艳。

一拉上妈妈的手，就在胳臂上荡秋千。一爬上爸爸的肩，就把肩膀当成了山。

下一个小土坡，喜欢听爸爸说：摔倒了，可没人管。

上一个小土岗，喜欢听妈妈说：孩子，你真勇敢！

常把蜻蜓比成飞机，常把飞机比成大雁。

下雨了，你愿意站在院心，让雨滴淋湿你的头发你的脸。下雪了，你愿意让雪花落入你的手心，小心地看它悄悄变化。

大人要去的地方你都想跟着去。大人不让你触摸的东西你总惦记着拿起来看看。

有时一个故事会让你的大眼睛忽闪一个夜晚；有时一窝蚂蚁会让你在地上一蹲就是半天。

你哭的时候，常常偷偷睁一睁眼，心里明知是谁站在你的面前；你笑的时候，无拘无束，好像天空和大地都是你的空间。

你做了错事，总是躲在墙的一角，想哭又想笑，显得很冤很冤；你做了好事，总是不停地喊："看啊，你快看啊！"生怕别人没有发现。

有一天，你这样问爷爷："你的故事为什么讲也讲不完？"

童年的风筝越飞越高。

童年的纸船越去越远。

你的孙子开始让你讲故事了。你开口说："孩子……那是从前……"

你开始注意秋天的落叶了，无论你离自己的家乡有多么遥远。你开始注意西天的落日了，无论如火的晚霞有多么灿烂。

下雨了，你想到的不再是桃红柳绿，而是屋檐下那窝张嘴待哺的小燕儿；下雪了，你想到的不再是踏雪寻梅，而是那件早就捎走了的棉衣是不是能够御寒。

那根手杖你放弃多次，最后还是拄着它一次次走出庭院；那支钢笔你扔下多次，最后还是一次次擦掉它身上的尘埃与锈斑。

为了纪念，你把河流、雄鹰、山林和祖先的身影在心里长成一片蓬勃的庄稼；为了遗忘，你在数不清的回忆中历经了沧海桑田。

面对墓地，你会想起什么呢？是金子与泥土的拥抱？是生长与枯萎的交流？还是暴露与隐匿的转换？不，你看到的是路或桥，耕作一生的老牛或磨钝的犁尖，正经受着时间的考验。

你用粲然的微笑对待坎坷与疾病的折磨，把慈祥种植于人们的心坎；你用无声的超凡，酿制成一腔滚烫的情感，浇灌着一切热烈拔节的语言。

立着，一种风度，一片阴凉，像一棵千年之树，挺向蓝天。

走着，一缕忧思，一份乡情，像一只远行的船，扯起了帆。

田友，1953 年出生，中共党员，1977 年参加工作，先后任胜利中学、江桥中学教师，县人大秘书，工商联秘书长，县委政研室、农委、政府办公室副主任，江桥镇、泰来镇党委书记，县长助理，县人大副主任，2013 年退休。中华诗词学会会员，齐齐哈尔市作家协会会员，泰来县作家协会名誉主席。

快乐的退休生活

时间飞逝，转瞬就是几年过去了。回想起来，好像上班的情景就在昨天。但仔细一想，吓了一大跳。2011 年 12 月县人大换届，泰来县十五届人大领导班子成员全部退下来。一直到 2013 年 4 月，我年满 60 周岁，正式退休，已六年多了。现在体会到，还真是需要好好安排这一段人生。安排好了，就是人生的又一段黄金时光。否则，无所事事，就只能荒度时光了。

目前，我的家庭生活很温馨，老伴也是退休干部。勤俭持家，不辞辛苦，任劳任怨。女儿工作也很出色，博士学位，工作在中科院三亚深海科学与工程研究所。我们兄弟两家，住前后楼，相处得非常好，晚辈侄子、侄女等非常孝顺。亲友间关系也非常融洽。

我和老伴现在身体可以说都比较健康。这一是得益于多年来良好的生活饮食习惯；二是平时注意锻炼身体，最主要的是近几年我们注意养生保健。这要感谢大自然养生会馆的员工们，是他(她)们送给了我们健康。

我日常生活里还有几个小圈子。因是本县胜利三合人，离老家比较近，老亲少友还常走动。小学、中学、大学的同学们都已退休了，只要有外地的同学回来，我们就相约到一起聚聚。还有我教过的学生也都很关心我，经常联系。我曾经工作过的胜利、江桥、泰来镇、县人大还有一些老朋友和老同志，每年也都有机会见见面。还有我在领导岗位上曾经包扶过一段时间的大兴（托力河）、平洋、塔子城还有一些熟人，感情也很深。现居住的鑫源小区内还有一些常见面的邻居也都非常和谐。这些都为我退休生活增添了很多乐趣。

纵观这六年时间，经常参加的活动，收获最大的，还是加入作家协会这个团体。这也是我要写这篇小文的主要原因。

县作家协会成立于2012年。一开始就聘我为名誉主席。经大家几年的共同努力（加之社会各方面的支持帮助），作家协会办公条件逐步改善，各项制度也逐渐完善，工作开展得有声有色，在社会上很有影响力。可以毫不客气地说，在诸多的文化群众团体中，作协的发展和取得的成绩应是比较突出的。

正是在这个团体内，才使得我在近几年写了很多文章，还有一部分所谓的"小诗"。在李齐军等作协同志们的帮助下，出了两本《田友文集》。

在作家协会还有一大收获，就是因工作结识并熟悉了一些新朋友，包括省城的泰来籍人士温明远先生（退休前省监狱局纪委书记）。也增加了同泰来监狱、六三监狱的交往，继而又结识了省社科院文学研究所所长丛坤老师（现省政府参事）。2017年又结识了泰来籍在北京工作的大作家、编剧、画家远方老师，继而又结识了黑河的编剧北斗老师。2017年，还成功地为全国产粮大户梁彦和大哥策划了一台个人专场演唱会。期间结识了多位泰来民间演艺界人士。又与东北二人转王韩子平、董玮有了一面之交。也是通过这次演唱会加深了与学妹王新华的往来。继而又熟悉了北京的阿芒老师。在协会又同老领导宫淑琴主席，远在北京的董学章老师，迟培恒、王成志老师，徐国强同志，文联主席才立国，加强了联系。尤其是作家协会办公群的各位同志等很多文学、艺术界的朋友，有了更多的交往和联系。

闲暇时间还创作了几首歌词。其中有几首在有关乡镇的关注与大力支持下，得以成歌。主要是经泰来人、朋友祁永林、王桂莲（夏萍）、北京人陈艳谱曲。由阿芒、王新华、王桂莲（夏萍）等演唱，又经朋友远方、阿芒、王新华等运作，分别在《酷我音乐盒》《土豆网》等媒体上传播。现已成功推出《胜利，我的故乡》《江桥赞歌》《古城新韵》《鑫和家庭农场之歌》等歌曲。不久还要推出《大兴壮歌》。这些歌曲大力宣传了家乡，宣传了泰来。

这一段经历是很有意义的，是非常值得纪念的，也是永远不会忘记的，也为我享受退休的幸福生活开了个好头。总之，退休这几年，自己感觉良好，很有成就感，很满足，很快乐。

迟培恒,1951 年出生于泰来。县土地局退休。原泰来书画院院长,现任泰来书画院名誉院长,泰来县作家协会名誉主席。

我心中的东碱泡子——泰湖回想

我是在泰湖边上出生的(现在的“泰湖”,原来一直叫“东碱泡子”)。如今我已经六十多岁了,但一直没有离开过泰来县,所以,目睹了泰湖几十年发生的变化,感触还是很深的。

原来我家住的地方,处在泰来县城的东北部。这个泡子给我们儿时增添了无数的乐趣。放学、放假,和邻家的小孩子们一起玩耍时,总是爱往东甸子上跑,扑蝴蝶、捉蜻蜓、抓蚂蚱、逮青蛙、拾野鸭蛋。东碱泡子周围有大片的草地。夏天,草地上除了绿绿的草,还有红、白、蓝、黄、紫等各种颜色的花儿,有的花蕊还能吃。说到吃,还真得感谢“东碱泡子”及其周边的土地。在 20 世纪 60 年代初,我国遭受三年自然灾害,“吃”成了最大的难题。当时我十来岁,正处在长身体的时候,压缩标准后供应的那点粮食根本不够吃,再加上基本没有什么副食、辅食,也就是没什么“油水儿”,所以每天都处在饥饿的煎熬之中。那个时候,为了补充粮食不足,人们想尽了办法,把一切能吃的东西,都弄回来吃。在泰湖附近能吃的野菜有苋菜、灰菜、婆婆丁、苣荬菜、猪毛菜、车轱辘菜、马齿菜、蛤蟆腿等等。那里的榆树更是救命的宝树,榆树叶、榆树钱儿,甚至榆树皮,都可以拿来充饥。在那里可以下湖捕鱼、捞虾,水边捉蛙、捡蛋,甚至蝗虫(我们叫蚂蚱儿)、水鳖等都成了人们充饥果腹，补充蛋白之物。

说完“吃”的，再说“烧”的。除了湖边的柴草和牛马粪可作为烧柴外，湖里的芦苇更是好东西。夏天割青苇，冬天推（确切地说应该是“抢”，当时苇塘是有人管的，不是随便收割的）芦苇。当时，燃料紧缺，烧柴不足（煤又买不起），所以，芦苇是很好的补充。并且湖内的芦苇，可是给当时的穷人增添了副业。不知有多少人家是靠打苇子编席子、编茓子、打苇帘、编房笆生活的。

提到东碱泡子的芦苇，我还得说说湖边的碱土。小时候的印象，凡是东碱泡子西岸，沿湖居住的人家，几乎家家都用湖里的芦苇编席茓，用扫来的碱土“熬碱”，卖出后贴补家用，能干的人家因此在当时会过上比较殷实的日子。熬碱是很辛苦的，有很多道工序，但最终熬出的碱坨还是很好看的，尤其是碱坨中间的“碱牙子”，呈浅褐色，透明的，像水晶般晶莹剔透。用来发面、熬粥，既好用又好吃，可惜现在看不到了。

再就是泰湖的鱼，有水就有鱼，泰湖也是这样。

泰湖能发展到被国家认可，得感谢 20 世纪 70 年代始，具有远见卓识的县委书记尹树全和当时的领导班子制定了一个开发建设泰湖的远景规划，并发动、带领县城内职工干部锹挖肩扛，开始修筑泰湖大坝。后来的杨树清书记又把泰湖湿地项目建设提上日程，加之近几届县委、政府领导的大力推进，终于把泰湖美景逐渐地展现在我们的面前。

我听说，我们的泰湖比杭州的西湖还大一倍多，这样得天独厚的宝贵资源，如不好好地规划一下，开发起来，确实太可惜了。全国两千多个市县，可不是个个都依山傍水，大多数都没有我们泰来人这个福分。

说起来，我对泰湖建设也算尽了点绵薄之力，前几年湖内有三处雕塑和去年修的环湖栈道，我都给写了字。虽然我不是泰来县书法最好的，但我考虑，一是为我家乡泰湖的建设应该出点力；二是爱好书法大半辈子，也应该为家乡人做点什么。湖畔新城的开发商王永双是我们书画院的好朋友，我评价他是一个“儒商”，文化品位非常高，我们在一起开展了很多次书画、诗词、美化环境的文化活动，泰湖环境建设他出了很多力。湖畔新城的开发不仅为泰来建设了一个多功能、高档次的宜居之地，更重要的是小区那些丰富的文化建设内容为泰湖增添了一道亮丽的风景线。

我欣慰，滋养我的“东碱泡子”——今天美丽的泰湖得到了开发利用；我期待，泰湖建设得更好；我相信，泰湖一定会越来越美。

李齐军，1966 年出生于泰来县。高中毕业，下岗工人。中华诗词学会会员，省、市、县诗词协会会员，黑龙江省社科院文学研究所泰来县域文化调研基地主任，黑龙江省作家协会会员，现任泰来县作家协会主席。

我的父亲

很多时候都想写写我的父亲，可凝神构思中总是被流淌的泪水模糊了双眼而不由停笔……

1921 年 5 月 28 日出生的老人家，离我们而去已经 25 年了。在我记忆的印迹中却是明朗而亲切的。中等身材，文秀的脸庞，深邃的目光因单薄的眼睑而透射着智慧。衣着朴素的他，无论穿中山装和八一装，还是简单的中式便服，都会因洁白的衬领而显得干净而随性。不起眼的身姿总会以不容讳嫉的谈吐给人以文雅的享受。这可能是因为骨子里国高学生的修养而迸发出来的风度，不是硬装出来的。

一生坎坷的父亲，八岁给地主放猪，而后放羊以添补家用，直到 13 岁时被我大姑父资助和私塾老师的垂怜，得以念书。于是，一边扛活，一边念私塾的父亲连连跳级，15 岁随私塾先生，从离县 30 里地的好沁（现宁姜乡好新村）太平川到泰来县深造。

不幸的是，学业没有完成，就被伪满抓了“勤劳奉仕”（伪国兵漏子），被送去修路。有幸的是，被当时的地下党救助而跑回了泰来，从此就改名李海山为李革非，在铁路上找了点活干。

后来他加入了组织，成了家。泰来解放后曾在县三区（街基）工作，后被委任为泰来县交通科第一任科长。

就在他人生巅峰，春风得意，大展宏图之际，由于被卷入 1950 年发生在我县的所谓的“赵高事件”而断送了政治生涯。

从那时起，父亲大半生是在管压下生存。本来舞文弄墨的他，做苦力、干农活、当工人，为的是养家糊口。满腔抱负，化水东流。本来仗义好为的他，被世俗所伤害，被亲友所远离，以至于发出：养一条狗比交一个人强的感慨。但为了家庭，为了儿女，他只能忍辱负重，努力前行……

我的老父亲，活得压抑，但他由于胸怀远大，却也活得洒脱。1956 年，他同几个无业工人在党的领导下，成立了土建社（泰来县工程公司前身）。他既是工人又是预算员，既担定额员又做联络员，既当副工长又干财务活。夏天加班加点不加钱，冬天别人开会，他却要做无功的劳动改造，直到 1973 年。

1973 年，我父亲通过老关系把县工程公司带到了齐市第一机床厂 405 车间搞建筑，改变了单位的格局，也改变了他人生的格局，直到 1986 年退休，他把余热都给了县工程公司，也成就了县工程公司的辉煌……

几十年的奋斗与压抑，使这个有鸿鹄之志的人做了蓬间雀，心里的苦无处言，身上的累无处卸，多么艰难的岁月，多么无助的人生，陪着敬爱的爸爸走了一程。

尽管他一生坎坷，但对于我们姐弟五人却异常关爱，对于我们哥仨几乎达到了溺爱的程度了。不论怎么艰难，在学习上没有耽搁我们，在为人处世上都是灌输着儒学之道。每一个孩子碰到大病小病，他都要第一时间，把我们送到医院，无论冬夏，无论风雨，无论白天黑夜，那份挚爱，是一般人做不到的，乃至退休前，才还完因我们子女和我母亲这些年欠单位的医疗借款。

父亲很平凡，但他的爱是伟大的。父亲很坎坷，但他的精神是伟大的。“一失足成千古恨，再回头已百丈深”是我父亲最后日子里常常念叨的话，我觉得这句话是父亲一辈子的精神压力和动力，是父亲留给我们的永久的思绪……

本来想写写老父亲的些许故事，可那些流淌在血液里的记忆，却怎么也不能断隔出来，只能用简单的、时间段的表述，做一个序曲，今后我会有更多的时间，慢慢地把他老人家有血有肉、有情有爱的人生呈献给我的朋友们，让大家为我拥有这样的父亲而自豪。

2018 年 3 月 10 日中午于闲梦斋

董学章，号乾德山人，1943年生于黑龙江省肇源县。1963年毕业于泰来一中。大学学历。1969年起，在泰来县历任中学教师，公社干部，县委办公室秘书，县政府办公室主任等职。1986年在锦州师范学院（今渤海大学）政法系任教，历任讲师、副教授、教授等职，是我国首位研究诺贝尔经济学理论并取得丰硕成果的学者。2003年退休后定居北京。2017年被县作协聘为首席顾问。

乾德门山记

从大兴安岭向松嫩平原的过渡地带，有一座海拔近二百米、方圆十余华里的小山，名曰乾德门山。相传有金马驹进入其内，故山名含“聚宝”之意。

山由土沙堆积而成，草木杂生。在西南麓有一数丈深的“天坑”，俗称“山门”，吾疑其为陨石所为。山坡多被辟为耕地，间有些许高低错落的杨树林。山间向阳之处，堪舆风水，附近乡民之先人，多长眠于斯。早年于春夏之时，山中尚可采撷鲜花野果，聆听鸟鸣虫吟；于秋冬之季，岗峦寂静，人迹罕至，偶有雉兔狐狼潜踪。今已杳然。

登上山顶，可遥望东南方的泰来火车站及水塔等建筑，平齐铁路上奔驰的列车，亦赫然入目。而西北隅则是百里平川，放眼远眺，大有天高地阔之势。青山披绿季节，牧人赶着羊群漫过丘壑，恰似蓝天下飘动的白云。在东北部山巅，有过一木塔式航空标志，已于20世纪70年代坍颓。山脚下有乾德、哈拉火烧、王老道和尚家屯等村落，环布四周。此地民风淳朴敦厚，乃吾之家乡也。

吾在髫龆年华，常来此山中诵读诗书，追风捉景，踏雪捕猎。或仰观天日以壮胸怀，或俯瞰大地以抒心曲。中年之后远涉他乡，家山有时牵魂入梦，恍若仙境。故此间吾每有诗文问世，必署名“乾德山人”。如今吾已在耆龄，定居京畿。赋闲岁月，曾游历世上好多名山，从泰山、天子山到富士山和阿尔卑斯山，各俱雄奇俊美。然令吾不能忘怀者，唯有乾德门山。

情之所系，作文永志。

注，乾德门山，旧志又称其为“天德门山”，位于黑龙江省泰来县城西北四公里处。

癸未新春感怀（并序）

——2003年初，余于北京百望山下梅园寓所度过第六十个春节。回想人生经历，真是百感交集，故以七言纪之。

寒窗茹苦度韶光，科场射幸中天狼。
曾凭华章侍总理，捉笔县吏作嫁妆。
不惑之年追南雁，天命跻身翰林堂。
花甲岁月从儿女，京城山水好乘凉。

癸未仲夏即事（并序）

——2003年7月，余于渤海大学退休。此后将居家赋闲，品尝人生诸种乐趣，是以七言纪之。

一纸休书释教鞭，养颐桑榆须自然。
从今尽享天伦乐，馨木河驹绕膝前。
平生最爱逍遥游，愿持剑杖走山川。
更祈亲友常相聚，唐诗蜀酒伴余年。

癸未中秋怀古（并序）

——2003年中秋节，余独居于锦州寓所。是夜，皓月当空，穹宇如碧。余顿然忆起先辈之恩德，因以七言纪之。

乾德门山绿欲黄，黄绿丛中有仙乡。
先祖父母皆长睡，山人已做辽西郎。
人间千里不算远，天域咫尺断阴阳。
今宵独赏中秋月，青酒一杯泪沾裳。

孙成文,1946 年出生,曾任泰来县街基中学教师、校长。黑龙江省、齐齐哈尔市诗词协会会员,泰来县作家协会、诗词协会顾问。期间参与《泰湖诗词》《泰湖诗词选》《泰来文学》的编辑工作,任编审、副主编职务。著有诗集《烛光集》。

强国梦(外八首)

中国钓鱼岛,历史铸华魂。
肆虐飞烟去,嚣张闹剧纷。
痴心生妄想,正义洗埃尘。
壮我凌云志,强国圆梦痕。

远　　望

伫立虹桥望,远山近水边。
湖中波浪涌,岸柳鸟鸣喧。
绿草生幽处,鸳鸯戏水间。
黄昏灯火闹,霓彩半空悬。

小　饭　店

小店大厨忙,佳肴美味香。
刀飞裁骨肉,勺舞炒肝肠。
熘炸煎烹煮,熏蒸炖烤汤。
真诚仁待客,礼义占风光。

劝　友

食饮少沾荤，鲜蔬嫩绿频。
甘肥伤肝胃，清素利身心。
盛欲多疾病，平和少劣痕。
修德寻乐趣，养性善其身。

小　草

风雨历沧桑，寒冬土里藏。
沟洼根茎茂，丘岭不张扬。
嫩绿含情脉，枯黄吐郁香。
悠然掩身影，日暖蔚春芳。

感　怀

怀古览书游，霜天烦闷忧。
萧萧红叶落，渺渺绿林羞。
遥望丘山雪，慢登湖畔楼。
伶俜思往事，笑语解心愁。

田园小诗(二首)

一

一日三餐品酒茶，田园苦乐种桑麻。
手拿椽笔敲诗句，身入洞天寻火花。

二

乡村小院一翁痴，做茧茅屋品自丝。
释梦田园知苦乐，休闲赢得好年时。

农　家　院

绿树浓荫夏日长，夕阳倒映入华堂。
晨清日醉微风起，满架瓜蔬一院香。

刘辰,笔名逸人。1948年7月出生,中专文化。泰来县政协退休。现任县作家协会顾问。

赏　叶(外一篇)

如果夏是花的世界,那么秋就是叶的世界。花能使夏天花团锦簇、美丽妖娆,叶子却能使秋天五彩缤纷、绚丽多彩。

昨天,我带着新买的相机只身一人到了森林植物园去观赏秋叶,一进植物园,使我眼前一亮,多么美的一幅深秋图啊!经霜的树叶:红的、紫的、黄的、绿的,交织在一起,鲜艳夺目,美丽至极。我打开相机开始拍照。刚拍了十几幅,相机没电了,又没有备用电池,也就只好用眼睛去欣赏了。我在树间缓缓地走着,慢慢地欣赏着,我发现鲜红的树叶并不是枫叶,可能黑龙江省没有枫树。是什么树呢?后来在标本园里找到了答案,它叫拧筋槭,红得特别耀眼,可称叶中之冠。还有很多树叶经霜之后变成黄色,也特别抢眼,深入林中,周围一片金黄,让人赏心悦目。进入落叶松林,金色的针叶铺满大地,厚厚的,软软的,像走在金色的地毯上,阳光从树枝间照进来,柔柔的,暖暖的,让人感到特别舒服。还有一种灌木,我在标本园里也没有找到它的名字,长长的枝条,对生的长叶从根底一直长到枝头,一株树上就出现红、黄、绿三种颜色,随风飘动,特别美丽,特别漂亮。

秋天的树叶是美丽的，它装扮了秋天，装扮了环境，让秋天更美丽。

看到了树叶，就想起了叶的品德：它不是花，它不是主角；它不是果，它没有收获。但我们知道，所有的养分都是它通过光合作用而制造出来的。它能使花变得鲜艳；它能使果变得成熟；它能使树木长得高大粗壮；它可以使环境变美；它可以使空气变得清新。到了秋天，它老了，不能制造养分了，它不服老，仍然变成各种美丽的颜色供人们欣赏。叶子很平常，平常得微不足道。叶子很伟大，伟大到它能创造世界。

叶子落了，它太累了，需要休息。明年春天它还会出来，继续完成它的使命。

叶子，平凡而伟大的叶子。

天下奇观——黄山云海

在群峰环抱的山坳里，堆积着大量的白云。从峰顶望下去，就像无际的海洋，山峰就像一个个小岛，这就是天下奇观——黄山云海。

云海共分为五块，云谷索道以东，白鹅峰、观音峰以南为东海；紫云峰以北、天都峰以东、云谷索道以西为前海；莲花峰、松林峰以西为西海；丹霞峰、狮子峰、上升峰以北为北海；中间部分为中海。五海相连，形成一个白茫茫的海洋世界。

峡谷飘着白云，山上长着青松，天空矗立着形状各异的山峰，构成了黄山独特的美丽风景。这里的阴雨天气较多，我就是在阴雨天徒步登山的。开始爬山时天气较好，走到山腰，抬头向上，看到山峰上云雾缭绕，忽隐忽现。穿过云层，白云就在脚下飘过，并带来一丝凉爽。到了峰顶，往下一看，一片云海。到了下午，下起了小雨，白云随风飘荡，一会儿堆积山间，就像给山峰穿上了纱裙；一会儿在山间飘浮，仿佛给山峰围上了白色的围巾；一会儿被风撕成一条，从山谷直到山顶，像是给山峰戴上了哈达；一会儿薄雾一片，就像给山峰披上了婚纱。山峰在云雾中变换，产生了动感美。

黄山太美了，不去黄山是一生的遗憾。

王德江,1953 年出生,中华诗词学会会员,黑龙江省诗词协会常务理事,黑龙江省作家协会、书法家协会会员。泰来县作协、诗协、书画院顾问。在国家、省、市报刊发表作品 10 余万字。编辑出版《中共泰来党史》《泰来文史》《泰湖诗词选》等 10 余部作品,有诗集《苦斋吟》出版发行。

一片春心付海棠

至于北国,在人们的记忆里,总是那种万里雪飘的感觉。科技的飞速发展,改变了人们的视觉。谷雨过后,有着塞北江南之称的湖城已是千缕喜看边柳绿,满园更爱海棠红的景色,诗人往往是寻境全佳处,吟诗半醉中,道出了对海棠花的喜爱。

明代的《群芳谱》记载:海棠有四品,皆木本。西府海棠、垂丝海棠、木瓜海棠和贴梗海棠。海棠花,素有"国艳"之誉。

早在唐代"海棠树"就传到日本和东南亚,如今已传到世界各地。唐、宋代诗人留下大量脍炙人口的咏海棠诗篇。[唐]薛能的《海棠》:"四海应无蜀海棠,一时开处一城香。"[宋]陆游的《初春探花有作》:"千缕未摇官柳绿,一梢出放海棠红。"这些诗句表达的不仅是对海棠矜持高洁、不趋时、不与群芳争艳品质的赞扬,更表达出诗人如海棠般的生活态度和气节。

去年这会儿,一位诗友把她拍的一组海棠花照片发到微信群里,一枝压千林,灿若锦霞般的花朵唤起了我看海棠花的念想。问及后,我匆匆赶到县文化宫前去看海棠花。那堆锦叠秀、一片绮霞,三种不同品相、娇妍盛开的海棠花,不仅让我赏心悦目,更让我想起了热播的电视连续剧《海棠依旧》。西花厅是毛主席钦定的周总理的办公地点，毛主席是否把周总理的品质比作海棠花，那就不得而知了。电视剧《海棠依旧》的画面中，周总理深情地望着盛开的海棠花说："已经是满院海棠花了，海棠花好，看得人心温暖。它古朴大方，不张扬，但又不失艳丽，花与花之间很团结。"周总理又说："毛主席说了：'过了清明，要多抬头看看。'"他还说："海棠花又叫解语花。"周总理和邓大姐望着海棠花深情地吟诵大文豪苏东坡那首《海棠》诗："东风袅袅泛崇光，香雾空蒙月转廊。只恐夜深花睡去，故烧高烛照红妆。"西花厅的海棠，27 年来与周总理结下了深厚情谊。海棠树的花、果、枝、叶记录着周总理脚步匆匆的背影，见证着他日理万机的忙碌，牢记着他忧国忧民的情怀。从历史资料中了解到，1954 年春，周总理在日内瓦参加会议，看不到正在盛开的海棠花，邓大姐就特地剪了一枝，把它压在书里头，捎到日内瓦，让总理在繁忙的工作之暇，看看海棠花，得以回味和休息。海棠花，一个好听的名字，从此，我把它深深印在脑海中，并与总理的人格魅力联系在一起，越加喜爱和难忘了。

2008 年春，我随县诗词协会赴江苏淮安市考察学习，有机会瞻仰了"周总理纪念馆"。纪念馆建在一个湖中半岛上，主馆的外观是正方形建筑——象征着周总理为人方正。参观完主馆，来到周总理铜像广场，合影留念。广场向北便是仿建的"西花厅"，再现了周总理在北京西花厅生活、办公、接见外宾的真实场景。我仿佛又看到周总理忙碌的身影和海棠树下匆匆的脚步。遗憾的是：我们参观时海棠花早已经谢了，不能不说这是一大遗憾吧。

今年是周总理诞辰 120 周年，电视台又重播了 41 集电视连续剧《海棠依旧》，引起了社会强烈反响和共鸣，再次唤起人们对周总理的崇敬和怀念之情。电视剧用洁白的海棠花营造了唯美的意境，"海棠依旧"四个字蕴含着对周总理的深深怀念，带来了美，也带来了意韵。《海棠依旧》将 27 年间周总理一系列感人、动人的故事娓娓道来，让人们切身感受到周总理高尚的人格魅力。此时正值暮春，是海棠花盛开的季节，人们在观赏海棠花时，一定会引起那种怀人的伤感：斯人已去，海棠依旧。明代才子唐寅有"一片春心付海棠"的诗句，由此，可以明白周总理的海棠情怀。

家乡栽培的海棠已经枝繁叶茂了，每每海棠花开的季节，我时常去看望，站在海棠树下，看那一朵朵簇拥的花蕾，迎风峭立，花姿明媚动人，楚楚有致，使梓里胜景增色不少。它们是那样温馨和谐，毫不张扬，古朴淡雅，使我久久不愿离去。我又想，家乡移栽海棠是对周总理深深的怀念，定会有不少骚人墨客，笔底生烟，各自把"春心"托付给海棠。

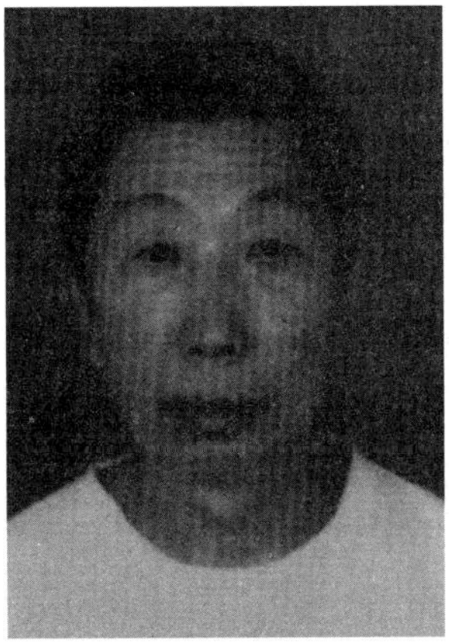

姜广学,1949 年 2 月出生,大专文化。哈尔滨铁路局退休干部。现任泰来县作家协会顾问。出版《姜广学诗联集》。

假如我是春天的雨滴

——为北京田村中心小学学生常远作

假如我是春天的雨滴
我会乘着东西南北风
巡视祖国大地
我会张开稚嫩
但却坚强的翅膀
不畏辛劳,放弃休息
看看哪片原野草儿还未泛绿
哪片麦地苗儿还在旱急
我就是及时的春雨
淅淅沥沥下个不停
直到芳草萋萋,直到麦苗喝足玉液伸展腰肢

假如我是春天的雨滴
我会变成穿花衣的小燕子
跟随叔叔阿姨
走村户进社区
看望孤寡奶奶爷爷
还有留守在家的弟弟妹妹
我还会飞到大江南北数以万计的店铺工地

告诉那些常年远离子女
在外打工挣钱的叔叔阿姨
快点回家,抚育骨肉十万火急
你们是不可替代的幼小心灵的充电器
能使因想念爸爸妈妈绝望自杀的
小弟弟的悲剧
成为人间最后一例
我愿抚摸托老所里,空巢中那一双双
粗糙僵硬的手
给他们微小而纯真的慰藉
使他们不再孤寂,变成全社会受关爱的群体

假如我是春天的雨滴
我会驻扎在空气污染的
北京、石家庄、唐山等
雾霾严重的大城市
我会奋不顾身地变成清洁剂
清洗市容、天空,净化空气
使同学老师和邻居
通畅呼吸、尽情呼吸,视野八里
让大街上的每位叔叔阿姨
都神清气爽、不捂嘴、不掩鼻
假如我是春天的雨滴
我会携来喜马拉雅雪山的皑皑圣洁
撒遍祖国大地
假如我是春天的雨滴
我要捧来雅鲁藏布江甘甜的乳汁
滋润每位求知若渴的学姐、学弟的心脾

李文杰，1949 年 11 月出生，大专学历。泰来县文化馆退休，现任县作家协会顾问。

大型音乐舞蹈《泰州风采》文学脚本

【序曲】压光。在管弦乐队的伴奏下，天幕呈现出烽火狼烟、金戈铁马的征战、游牧、商贾云集等背景。悠远、激越的音乐引出古典舞蹈表演（合唱队前）。

灯光时明时暗，寓意着岁月的更迭。舞蹈音乐之后引出史诗般的交响合唱（A 段），陈述着泰来悠久的历史、地理、人文风貌。

A 段歌词：辽塔金城，历经（了）古道沧桑。
一江五河，流淌（着）时代乐章。
雄鸡一唱鸣三省，风物独居黑龙江。
啊！古老的泰州，久远的故乡。
你若华夏风云，叱咤塞北天荒。
今日的泰来，世人景仰的地方。
你有不朽的文化，珍贵的家藏。

【中段】：灯光暗转，在音乐间奏中舞蹈暂退。灯光复明后以（B 段）合唱描述泰来古往今来的历史文化与现今风貌（天幕景跟随）。

B段歌词：千年辽金兵戈，历练子孙炎黄。
民族抗日（那）烽火，点燃在嫩江桥旁。
剿匪英烈的鲜血，改写宁姜、平洋。
“九八”抗洪精神，吓退九州龙王。
史诗铺就的大地，我那非凡的家乡。
你让今人骄傲，你让我们荣光。

*　*　*

地下油气滚滚，地上稻谷飘香。
国家湿地公园，落在泰湖之上。
湖水倒映着蓝天，天间花鸟鱼翔。
犹如人在画中，画在手中变样。
秀美的泰来，我生息耕耘的地方。
再造塞北江南，留予子孙共享。
再造塞北江南，留予子孙共享。

【尾声】舞蹈以热情、奔放的圆舞曲复出，灯光、场景以温暖、祥和的气氛烘托（C段）合唱，抒发对泰来美好未来的憧憬与希望（合唱队与舞蹈表演配合组成相应造型）。

C段歌词：这片希望的田野，充满智慧和力量。
三十二万各族民众，同心共创辉煌。

*　*　*

这片古朴的大地，后继繁荣兴旺。
物华天宝家乡美，人杰地灵好地方。
家乡美，好地方，泰来明天更辉煌。
家乡美，好地方，泰来明天更辉煌。

曲　终

作品简介：该大型音乐舞蹈是将多段体、多声部的混声合唱与古典舞、现代舞等综合艺术形式融为一体。其中，【序曲】以雄浑宽广的混声合唱与典雅的舞蹈相结合，概括了泰来悠久的历史、地理、人文风貌。【中断】以叙事体的合唱、对唱，歌颂泰来“四种文化”，是他乡绝无仅有的珍贵家藏。【尾声】以圆舞曲与现代舞的表演，描绘出对泰来美好未来的憧憬。作者以跨越时空的视觉，凝练地概括、讴歌了泰来的过去、现在和将来。

徐国强，1961年4月出生于泰来县，大专学历。齐齐哈尔市作家协会会员，泰来县作家协会副主席、县摄影家协会副会长、县集邮协会秘书长，担任《红色思源网》《老年学习生活》杂志社通讯员，先后主编出版了《泰来革命老区史》《记忆不能忘却》第一、二、三辑，在《老年学习生活》杂志上发表《竹排》《溪流》《宁静》等十余幅摄影作品。

“石宝寨”游记

石宝寨位于重庆忠县境内长江北岸，距忠县县城45千米。是一座拔地而起的四壁如刀削斧劈一样的孤峰，相传为女娲补天所遗的一尊五彩石，故称“石宝”。此石形如玉印，又名“玉印山”，明末谭宏起义，据此为寨，“石宝寨”名由此而来。

清乾隆初年，为游人上山方便，从山脚下架一条铁索直达山顶，并在山上修建了一座寺庙。嘉庆年间，又聘请能工巧匠，依山取势修建了这座九层楼阁。从此，香客及游人可免攀缘铁索之苦，上楼直达山顶。1956年，政府投资又改建为12层，如今这里已成为游客眺望长江景色的“小蓬莱”了。

近观石宝寨，塔楼倚玉印山修建，依山耸立，气势恢宏，飞檐展翼，造型十分奇异。整个建筑由寨门、寨身、阁楼组成，共12层，高56米，全系木质结构，镶嵌而成，无一颗钉子。据资料介绍，石宝寨始建于万历年间，经康熙、乾隆年间修建完善，才形成石宝寨，原建有九层，隐含“九重天”之意。顶上三层为1956年修补建筑时所建，石宝寨也是中国目前仅存的几座木结构建筑之一，被称为“世界八大奇异建筑”。

石宝寨寨门为砖石结构，高6米多，上面有瓷嵌“小蓬莱”三字。寨门正反两面，有“五龙捧圣”“哪吒闹海”等汉白玉浮雕，雕刻得精巧细致，栩栩如生，足见雕刻人的艺术功底。

从寨门攀登上寨顶，必须通过依山而建的12层楼的飞阁。阁楼建于清嘉庆年间(1796—1820)，自底至顶高56米，由一条迂回曲折的转梯相连，每一层石壁上都有历代流传下来的石刻、画像和文人骚客的题诗，每一层凭窗都能远眺气象万千、波涛汹涌的长江。相传这石宝寨原先只有寨顶之庙，一条石凿的小径和一副铁链相通，拜佛的人要登上山顶，全凭自己那颗虔诚的心，去冒身临危岩之险。虽然建有楼梯，但一口气登上12层楼梯，还是要费点力气的。登上楼顶，已是气喘吁吁了。当初，建旋转楼梯的施工匠人，还是受山鹰的启示，一日，匠人偶尔看到一只山鹰展翅盘旋在玉印山前，一圈一圈渐渐升高，最后越过山巅。他灵机一动，遂采用傍山造楼，外展飞阁，内架云梯，轳转螺旋而上的办法，造好了这辉煌的飞阁。

登上寨顶，但见一个1200平方米的石块，海拔有230米，举目四顾，长江景色尽收眼底，但见天水相连，白茫茫一片，不见天际，隐约可见船帆点点，心胸顿时为之开阔。步入清朝前期的古刹，见正殿迎门墙壁上有一巨大壁画，细看为“女娲补天”的故事。壁画下方，有一遗石，形状似石宝寨。在古刹的后殿，有一石孔，口大如杯，被称之为“流米石”。据传说，自寨上修起庙宇后，这石孔每天流米不断，流出的米正巧供庙内和尚一天用量，故称“石宝”。后来，一个小和尚想多得一些米，便偷偷地把石洞凿大，结果石洞粒米不流，贪心的小和尚得到了应有的惩罚。

石宝寨是我国现存体积最大、层数最多的穿斗式结构建筑，为了抢救这一极具价值的文物，一项投资8000万元的石宝寨保护工程——石宝寨围堰已经圆满完工。它采取“就地保护、护坡仰墙”的方案，具体来讲，就是不动寨子，抬高楼门，沿玉印山周围修筑一圈护坡来保护山体，免受长江水侵蚀。同时在护坡上修建一米高的仰墙，把整个山寨圈围起来，山寨四面环水，就像一个巨型盆景，镶嵌在万顷碧波之中，成为世界上最大的“盆景”和江中“小蓬莱”，每天迎接八方来客，一睹石宝寨的风姿，领略石宝寨庙宇的晨钟暮鼓，带给人们无限遐想。

南国春，1963 年 2 月出生于黑龙江省泰来县原四里五乡。1984 年北安农校毕业。本科学历。现为正科级公务员。泰来县作家协会副主席。

我的摄影感悟

最初与摄影结缘是在 2011 年，由于刚从乡下来到县城，工作没有原来那么重了，总想着业余时间能够做点什么，正好单位有一台尼康 D50 相机闲置着，经请教好朋友相机的使用方法后才开始接触摄影。当时，我对摄影是一张白纸，什么都不会，开始学习相机使用手册，从一点一滴学起，直到现在逐步掌握了相机的使用方法，摄影技术也不断提高：从开始拍摄花卉，再到拍摄风光，再到拍摄鸟类，一步一个脚印。我也从不会摄影到会摄影，从一个摄影爱好者到县摄影协会副主席兼秘书长，成为齐齐哈尔市摄影家协会会员，现在正在申报省摄影家协会会员。

由于对摄影的不断了解和摄影技术的进一步提高，我开始幻想着何时能够有一台自己的相机，人们常说“摄影穷三代，单反毁一生”。搞摄影确实很费钱，但是由于喜欢上了摄影就不能考虑那么多了，于是在爱人的支持下于 2015 年购买了一台尼康 D7100 单反相机。几年来，我以家乡的泰湖国家湿地公园为题材拍摄了许多花鸟和风光作品，同时也有时间到外地拍了一些风光作品，比如到过伊春、查哈阳、蛟河、扎兰屯、扎旗等地进行采风。

通过几年的摄影，我深深地感到摄影是一门很高深的艺术，我悟出来一个道理：拍出好照片的最重要因素，不是器材，不是光线，不是速度，不是技巧,而是你的眼光。用心摄影的人,会努力拍出爱,拍出时光的稍纵即逝,拍出看似柔软却能打动你内心的东西……

有人说,摄影是一门瞬间的艺术,能把人生的美好瞬间定格成永恒。我觉得,摄影像绘画,讲究光与色的配合;摄影像书法,注重结构布局与自然天成。摄影是"冰冻三尺,非一日之寒"的日积月累,摄影是"踏破铁鞋无觅处,得来全不费功夫"的机缘巧合。摄影,它用看得见的影像,传达看不见的思想与情感;摄影,它通过一个小孔打量一个大千世界,并传达一颗博大的胸怀。同时,摄影是我们对过去的总结与回顾,记载着我们曾经拥有和即将失去的一切。摄影是一次自己与内心世界的简单问候,每一次拍摄,都是自己对人生的一次思考与感悟。

吸引眼球的照片名噪一时,内涵丰富的照片流芳百世。一张张精美的照片,有如一个个生命的片段,承载着现实的悲欢离合,表达着作者的喜怒哀乐。所有的照片都是记忆的影子,是外部世界与自己内心的反光和倒影,是对自己有意义的生活切片。当时间如滤镜一样将生活的所有杂质去尽,我们的生命底片才会变得更为清晰明亮。

通过摄影我深深地体会到:一是摄影能够陶冶情操。摄影是一门艺术,它记录的是图像信息,比较直观,视觉冲击力非常强,好的摄影作品能够给人一种享受。二是摄影能够亲近自然。通过摄影能够走进自然,了解自然,感受自然,能够对大自然的一草一木、一山一水、一花一鸟有更深的了解。三是摄影能够提高观察力。通过摄影能够近距离地观察自然,了解大自然的运动规律,比如日出日落;云彩的变化,朝霞与晚霞的绚烂多彩;鸟类的活动规律,鸟类的品种;花草的色彩,形状,开闭时间,花草的品种,花名等等。四是摄影能够培养耐力。摄影是瞬间的艺术,无论是风光摄影,还是鸟类摄影,稍纵即逝,比如风光摄影,早晚拍彩霞得提前到达拍摄地点等待日出日落,比如鸟类摄影就得守株待兔,等待精彩的瞬间。五是摄影能够培养思考能力。摄影不单纯是用眼睛去观察,而是用心灵去感受。摄影师如果在镜头前无动于衷,那么他的作品也不可能让观众感受到心灵的震撼。拍摄时首先要考虑你要表达什么,怎样来表达,怎样构图,怎样用光,怎样取舍。六是摄影能够留下精彩的瞬间。美丽的风光,美好的姿态,绚丽的色彩,经典的时刻,重要的场景,能够记录你一生的经历,留下美好的回忆。七是摄影能够锻炼体魄。通过跋山涉水,身负沉重的相机包,无论夏日酷暑还是冬季严寒,都可以出去拍照,每天都能够呼吸新鲜的空气,感受大自然的魅力。身心得到了愉悦,体能得到了提高,何乐而不为呢。

杨桐，1951 年 12 月出生于齐齐哈尔市，大专学历，中共党员。泰来县图书馆退休。现任县作家协会副主席兼秘书长，市作家协会会员。作品曾在《小城往事》《记忆不能忘却》《泰湖诗词选》《泰来文学》《泰湖诗词》《泰来桑榆诗刊》《龙沙诗词》等书刊上发表。2016 年被授予齐齐哈尔市“百姓学习之星”称号。

追　忆

我的妻子已经离去十多年了，可是她却让我久久不能忘怀。她是一朵美丽的鲜花，在我心中永开不败。她是一个普通的女人，可是她有一颗冰洁的心，水一样的胸怀。她的一生是平凡的，可在我心中却留下永远磨不灭的光彩。

记得那是 1975 年，我在文化宫为县里举办的庆祝“三八”节大会放映电影，经熟人介绍我俩初次见面。她的衣着朴素，说话直爽，有一双美丽的大眼睛和一张白皙透粉的脸庞，让我一见难忘。后来，我们虽然没有像别人那样花前月下，卿卿我我，但是我们情投意合，相互尊重，相互包容，很快便组成了一个幸福的新家庭。

妻子不光外表出众，更有一颗善良的心。孝敬长辈她做到了，虽然是点点滴滴的小事，却可以看出她心中充满了爱。

记得有一年，我岳父母家因故将住的旧土房卖了，70 多岁的岳母在收拾物品时，不小心摔断了手腕，需要有人照顾，还要解决吃住的问题。五个子女聚到一起，商量父母怎么安置，妻子主动提出把父母接到我们家里，我表示同意。

岳父母搬到我们家，没有地方住，我们俩就临时搭起地铺，把杂物堆放在仓房里。从此，妻子洗衣做饭，屋里屋外收拾，忙得脚不沾地，还经常为母亲梳头洗脚，让母亲满意。母亲有病住院，更是床上床下地伺候，让我看到了孝敬的真谛。妻子不单是孝敬自己的父母，对公婆更是孝顺有余，公公愿意吃饼，抽空就去给烙，公婆的衣服脏了，随时就去给洗，做点好吃的总是张罗着让我送过去。家里买了台新彩电，她说，公婆年岁大了，还是让他们先看吧，让我当天就给搬了过去。

朋友，是不是可以说，她是个好女儿、好儿媳？她只有朴实没有华丽。

人到中年，两个女儿也到了升学的年纪。妻子为了让孩子们吃好饭，有足够的精力去学习，同单位签订了协议，离开了工作多年的岗位，毅然回家照顾孩子们的起居。孩子的衣食住行她都放在心里，冬天搭对着穿好棉衣，把热炕烧起。夏天为他们打开风扇，好凉爽地学习。我的侄子学习成绩上不去，妻子跟他说："你愿不愿意到我们家同你姐姐一起学习呀？"侄子当即表示："愿意。"我对侄子说："你可要好好学习，别辜负你大娘的一片心意。"第二天侄子就搬到了我们家里。

孩子们互相帮助，努力学习。妻子更加忙碌，把他们的生活安排得井然有序。几年后，女儿、侄子都相继考上了大学。妻子的苦没有白吃，力没有白费，心里也有了些快意。可是供孩子们上学的费用又成了问题。妻子东挪西凑开了个食杂店来维持生计。后来，又养起了肥猪。为了节省饲料的开销，抽空就到壕边、地头去采野菜，焯熟了拌到猪食里。过度的劳累，使她身体消瘦了很多，可为了这个家，她毫无怨言默默地劳作着，奉献着自己。

朋友，可以说，她是个好母亲、好伯母吧？也可以这样说，她只是中国劳动妇女的一个缩影，是中华民族尊老爱幼传统美德的继承。她们只有付出没有索取，她们默默奉献，不图虚名，她们是我们民族的光荣。

公元2001年春，妻子觉得浑身乏力，伴有腰、腹部的疼痛。到医院查出是肝癌晚期。三个多月后，不幸离开了人世。

出殡那天，空中飘浮着黄澄澄的沙尘，可是情谊深重的乡亲们，冒着弥漫的黄沙，怀着沉痛的心情向她做最后的告别。大家怎么能够忘记她亲切乐观的笑容；怎么能够忘记她友善助人的深情。妻子的一生没有干出一番轰轰烈烈的大事，头顶没有一个耀眼的光环，但是在细微与平淡中却见到了真情。

妻子啊！你永远活在我的心中。

2015.1.18

张青山，1952生人，泰来县交通局退休干部，中共党员，大专学历。现任县作协副主席、党支部书记。曾在《感天动地的壮歌》《泰来文学》《记忆不能忘却》《泰来往事》《桑榆诗刊》《泰湖诗词》《泰湖诗词选》《龙沙诗词》等书刊上发表多篇文学作品。

永远缅怀毛泽东

“东方红，太阳升，中国出了个毛泽东，他为人民谋幸福，他是人民的大救星……”每当唱起这首歌，一股暖流就涌进我的心田，勾起我对伟大领袖毛泽东刻骨铭心的思念。

中国有了毛泽东，才使东方的睡狮睁开了双眼，全中国的劳苦大众扬眉吐气把身翻，五洲四海才更加光辉灿烂。

湖南湘潭韶山冲，是伟人毛泽东生长的摇篮。流经湖南的滚滚湘江掀起的波澜，让全世界刮目相看。

青年时代的毛泽东，就是破旧立新的典范，在辛亥革命的新军里，毛泽东傲立其间。他“指点江山，激扬文字”，用手中的笔把旧世界搅动得地覆天翻。由他创办的《湘江评论》《新民学会》《俄罗斯研究会》把马克思列宁主义宣传。在农民运动讲习所里，毛泽东经常做依靠农民进行革命的长谈。《中国社会各阶级的分析》《湖南农民运动考察报告》，像火炬，照亮了劳苦大众的心田。在嘉兴南湖的红船上，他与同人把中国共产党创建，从此中国革命有了明确的指南。

毛泽东不但激扬文字，而且对枪独有情缘，“枪杆子里面出政权”是他的精辟名言。秋收起义的烽火，招展工农革命的旗幡，毛泽东率领他的战友，浩浩荡荡奔向井冈山，组成中国工农红军第四军，创建了中国第一个红色政权。毛泽东诠释了《中国红色政权为什么能够存在?》《井冈山的斗争》《星星之火，可以燎原》，创造性地提出了农村包围城市武装夺取政权的战略思想，开辟了一条具有中国特色的民主主义革命取得胜利的正确路线。

由于王明“左倾”冒险主义路线，导致第五次反围剿的失败，战略转移去抗日，红军不怕远征难。长征途中的遵义会议，确立了毛泽东的正确路线，开创了抗日救亡的新局面。长征是宣言书，长征是宣传队，长征是播种机，长征以我们的胜利、敌人的失败而世代相传。

毛泽东写的《实践论》《矛盾论》，丰富和发展了马克思主义的唯物史观；《抗日战争的战略问题》《论持久战》，驳斥了“亡国论”和“速胜论”，指明了抗日战争的现状和前瞻。经过八年的浴血奋战，把小日本打得丢盔卸甲，人仰马翻，乖乖地在投降书上把字签；战略上藐视敌人，战术上重视敌人，亲赴重庆谈判，把国民党假谈真打的如意算盘打乱；《沁园春·雪》，抨击污泥浊水，赞美壮丽河山，使天下的文人墨客汗颜；粉碎蒋介石全面进攻、重点进攻，适时进行战略大反攻，使中国革命时来运转；解放战争三大战役，取得战略决战的胜利，把敌我双方的力量对比改变；百万雄师过大江，使蒋匪帮闻风丧胆；人民解放军进军大西北、大西南，把国民党反动政府彻底推翻。

在党的七届三中全会上，毛泽东提议，把党的工作重心由农村向城市转变；《论人民民主专政》，阐明了中华人民共和国是何样的政权；毛泽东主持召开的中国人民政治协商会议，选举产生了中央人民政府，建立了新中国的红色政权。

1949 年 10 月 1 日，毛泽东红光满面，神情庄严，健步走上天安门，向全世界庄严宣告：中华人民共和国成立了！这铿锵有力的湖南乡音响彻人寰。

土地革命，使耕者有其田；民主改革，让人民当家掌权；“调整、巩固、充实、提高”八字方针，使国民经济得到快速恢复和发展；抗美援朝，保家卫国，志愿军跨过鸭绿江，把侵略军赶回三八线；工业化和对私有制的社会主义改造，使中国经济旧貌换新颜；三个世界划分的理论，摆脱大国沙文主义、霸权主义的羁绊；他主持起草的《中华人民共和国宪法》，是一部杰出的治国法典；《论十大关系》，提出多快好省地建设社会主义的总路线；两弹炸响，卫星升天，打破了美苏两霸的核垄断。

毛泽东对中国革命的贡献，用语言难以表全。此文虽然挂一漏万，却表达了我对伟大领袖毛泽东的思念。

毛泽东开创的千秋伟业，世代相传，毛泽东的思想像灯塔，指引中国革命航船的方向。伟人毛泽东，万古流芳，永远活在人民的心间！

栾石玉，网名杯酒飘零，1970年出生于泰来县克利镇。喜欢古典诗词，闲暇时创作。中华诗词学会会员，黑龙江省诗词协会理事，泰来县诗词协会主席，县作家协会副主席。著有诗词集《柳韵乡情》。

招手车奇遇

西北风飕飕地吹着，小雪花夹杂着尘沙不定向地刮着，天嘎巴嘎巴冷。

下午三点半我坐上了从县城回乡的招手车。快出城时车停了，从前门又上来三四个男女乘客，关门后车继续前行。突然，那个穿制服、瓜子脸、三十多岁的女售票员冲着刚上来的一位中年男子吼道：“怎么又是你！”中年男子看了她一眼就匆匆往后排走去，找个座位坐了下来。这时那个售票员站在车门前大声地说道：“早晨，平洋发车时就是这个人，说他去县里，就给我三块钱。然后说没钱了，我也让他坐了，进了城我就让他下车了。谁知道等我们车到客运站时，我又看到他了，比我们还快呢！你们说他能没钱吗？气不气人，你们说气不气人！”说完就向后走去，给后上车的售票。这时，大家都转过身看着售票员。只见她径直走到那个中年男子面前，冷冰冰地说：“请您买票！”中年男子茫然地看了一眼她，然后说：“我没钱！”“没钱买票，请您下车！”这时车停了下来，中门打开了，车到乌兰昭站了。“请您下车，没钱就不要坐了！”售票员厉声说。车里一片寂静，只见中年男子背靠着座位，闭上了双眼，一言不发，仿佛钉在了座椅上。“他到哪呀？这大三九天撵下车咋整，多少钱，我给！”坐在中年男子后座的一个二十多岁的小伙子说道。“他到平洋，八块钱。”售票员说道。车里又静了。车继续前行。

我转回身，静静坐在前排座位上。忽然想起三年前的一幕：那也是个寒冷的冬天，早晨我坐招手车去县里办事，上车刚坐好（绝不是这趟招手车），随后上来一位老人，花白胡须，六十开外。头上戴着狗皮帽子，身穿暗灰色宽大棉袍。左肩斜挎一个大兜子，右肩扛着两小半袋好像大米的袋子，右手还拄着拐杖。这不是经常在我镇拾荒乞讨的外地老头吗？只见老人左手从左大衣兜里拿出好像早已准备好的一沓零钱，颤巍巍地向售票员走去：“姑娘，买一张票。”只见一位漂亮的姑娘向他走来，然后莞尔一笑，说道：“是您啊大爷儿，五块钱，那就免了吧！”说完又帮老人安置好东西，找了个座位坐好了。那一刻，我突然觉得那个冬天真的好温暖！

今天的中年男子或许遇到了什么急事，兜里真没钱了；或许他有一个可爱的女儿正在读高中，今年的玉米价掉得狠，收成又不好，好容易卖点儿钱来给女儿交伙食费而舍不得买车票；或许本身就是个无赖。可他后面的小伙子……“克利站到了！”我被售票员冷冷的话语声打断了思绪，默默地下了车，望着风雪中渐行渐远的招手车，我的内心百感交集……

蓦然间想起歌手赵真唱的那首歌：“因为这个世界上终究好人多……”

2017.1.16

蔡友,1951年出生,政法中专学历,退休。黑龙江省泰来县人,现任黑龙江省泰来县桑榆诗词协会主席,县作家协会副主席。作品在县、市、省及国家刊物《诗词百家》《中华诗词》等都有发表。

剪枝修花(外八首)

不忍修枝葬落花,嗟吁荏苒逝芳华。
舍身来换新容颜,根茎思香雅韵发。

观秀福根雕

鸟语花香山水娇,痴情妙手慧心刀。
本原万物皆灵性,朽木何言不可雕。

游泰湖野餐

催舟荡桨采菱荚,健步登山赏野花。
丛草寻菇惊雉兔,碧波撒网扰凫鸭。
夕阳隐岫飘霓霭,烟渺连天钓水霞。
旷野烹诗食烤肉,满觞老酒月中家。

夔门天下雄

谁敲战鼓胜雷公,拍浪烟波荡碧空。
叠嶂千峰红叶摆,断崖两岸彩云行。
激流天堑龙潜底,峭壁悬棺鸟隐踪。
禹造三峡奇景色,只缘夔兽佑门庭。

居仁瀑布

瑶池露洒一绝山，白浪驱流挂九天。
少女入帘修正果，观音施度碧波缘。
雷霆摇荡青葱叶，碎锦飞腾霓彩烟。
曲谷石桥浮玉带，氤氲翠蔓笼峰峦。

火车女司机

手擎舵把美芙蓉，越岭跨江千里行。
昼夜炎寒追日月，迎来送往踏歌声。
青山绿水无暇顾，玉宇琼楼有瞬情。
非是婵娟不爱俏，万家灯火系心明。

女飞行员

驾驶银鹰翔碧天，英姿飒爽萦广寒。
排出虹彩重重浪，踏起霞光缕缕烟。
俯视江山披锦绣，巡回四海涌波澜。
问言玉帝知今否？飞骏巾帼保故园。

赠陈贺玲诗友

蒙古婵娟似朵花，心灵蕙质剪诗娃。
山清水秀一双手，妙笔生辉百页纱。
亦梦裁云圆亦梦，宜佳雅韵更宜佳。
敖包篝火歌声醉，杯酒草原敬女侠。

春耕在天堂

东风送雨洒琼浆，驾控铁牛工作忙。
撒落星辰万颗子，播出旭日千缕光。
梯田叠上银河岸，禾稻层连碧水秧。
桑梓瑶池虹彩路，耕耘农户建天堂。

包国祥，蒙古族。1962 年出生于泰来县宏升乡。泰来县教师进修学校文体部主任，泰来书画院创作员，泰来县作家协会副主席。

临摹《毛主席去安源》的创意

油画《毛主席去安源》在二十世纪六七十年代风靡一时。该画印刷 9 亿多张（不含像章、纪念章和雕塑等），超过当时的总人口数。这在世界绘画史上，是绝无仅有的奇迹。这幅身价百倍的油画与当时的样板戏、红宝书被称为“三大红色经典”。可以说，是当时文化和政治的符号，现在身价倍增，成为文物和历史。

这幅画的作者是从我们家乡走出去的学子，泰来的骄傲——刘春华先生（原名刘成华）。

60 年代初出生的我，在红色的海洋里启蒙了绘画。从涂鸦描摹开始，师从刘春华先生的兄长刘成荣老师。从乡间小子到文化馆学习，走进艺术的殿堂，开始了对《毛主席去安源》这幅画的喜爱及对作者的敬仰。其时，也遍访县内万家宾等众多画家，聆听国家、省、市画家来我县讲座，一睹大家的杰作。也以唯一一个少年参加省、市、县级创作班学习和展览并获奖。从而也将美术作为第一爱好和理想进行学习、追求，美术专业毕业回到家乡从事美术教学、教研工作 32 年。

童年时喊出的第一个口号是"毛主席万岁"！第一次写出的字是"毛主席万岁"。第一幅剪出的字"毛主席万岁"。学前最先背诵的是《毛主席语录》,最喜欢画的是毛主席像。由于正处"文革"时期,大人们怕政治风险曾多次制止,但还是悄悄地画,也画了《毛主席去安源》。

2014 年 9 月,同乡书画展又一次见到了刘春华先生及画作。萌生了刘春华的家乡应该有一幅《毛主席去安源》油画的想法,产生画一画的冲动。这个想法征求当时书画院院长迟培恒先生的意见,迟先生非常认同。找来刘春华新版台历画集,以《毛主席去安源》一幅为模本,开始了准备工作,并得到老年大学的大力支持,师兄沈书宝老师全力相助,开始描摹这幅画。

伴着毛主席的足音,把握刘先生的脉搏,再现一个时代,再展主席的风采。因为,我没有看过这幅画的原作,看到的都是各个时期不同版本的印刷品,大多失真,故很难把握原画风貌。我遍访看过原作的老师、同学们。没有安源的生活便通过信息网络查阅资料、观看影视资料及图片。按照当时刘先生的创作思路进行二次创作。

刘先生创作这幅画时还很年轻,是那个火红年代的全国顶级美术院校大学生。而改革开放已三十多年后的今天,让我们追忆那个年代,追随先生思想,描摹先生的笔触,再展领袖风采。

首先,查阅先生的手稿,研究草图和创意,查遍毛主席各个时期照片形象资料,研其形究其神。因为,那个年代有着对毛主席的敬仰,油画又是西洋画种,本画有着意大利文艺复兴时期宗教画的形式美和庄严。场景展现青年毛泽东挥斥方遒、驱云拨雾,启明一个新天地的壮行。重峦叠嶂迎来一缕曙光,印刷品已看不清色彩、形象处理,只能按理解二次创作,展现伟大领袖毛主席将要缔造一个新世界的伟岸形象。

这幅画,在创作过程中,得到了很多同行的支持和关心。在此一并表示感谢。现已初步完成,但与刘春华老师的原创不能相比,只是作为泰来人,为家乡的文化事业做一点工作而已。也以此画为泰来县建县一百周年献礼。

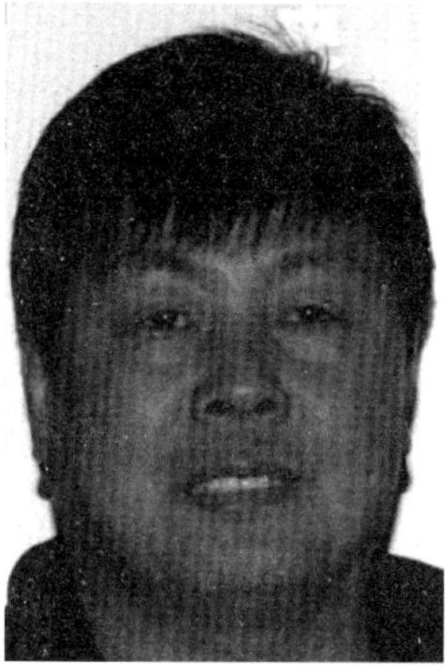

施恩惠,1964年11月出生,大学文化。泰来县塔子城博物馆负责人,县作家协会副主席。

古城记忆

辽金古城遗址始建于辽代中期,位于泰来县西北45公里处。塔子城因城西南原有辽大安七年所建的古塔而成名,古塔虽于1953年倒塌,但这里的人们仍然铭记着曾经发生在这里的往事,如今回味起来还真有一番味道。

古城的味道还是从古城的建筑遗址开始吧。辽金塔子城古城遗址呈正方形,周长4563米,这个略呈正子午的古城里面,街路是延续我国古城传统的建城模式,东西五条街,南北五条路,形成了古城的子午井字形街路格局,这种格局延续至今仍没有因城镇建设而改变。现在我们来到塔子城,首先看到古城的四面城墙的中央都有一座城门,这是1921—1923年间,由当时的塔子城的商会组织城内的商家集资修建的,主要是为了防御土匪侵袭。在修建城门的同时,有人建议将原来的城墙从中间挖开形成掩体,也就是我们今天看到的城墙上面的一道壕,原来巍峨的城墙就这样被断为两半,由此城墙慢慢地变矮了。其实城墙逐渐变矮还有一个因素,那就是在1972年12月10日,中共中央在转发国务院11月24日的《关于粮食问题的报告》时,传达了毛泽东主席"深挖洞、广积粮、不称霸"的指示。60年代中期开始,由于对国际形势的估计过于严重,毛泽东主席强调要突出备战问题,要准备粮食和布匹，要挖防空洞，要修工事。根据这些精神，1969 年 8 月，中共中央正式决定成立全国性的人民防空领导小组，各省、市、自治区也纷纷成立各级人防领导小组，在全国广泛地开展了群众性的挖防空洞和防空壕的活动。于是人防工程规模在已有的基础上迅速扩大，人防工程的规格不断提高。塔子城这时候就组织农民在城墙内部挖防空洞，多年的雨水侵蚀，防空洞塌陷，城墙越来越矮了，现在我们看到的最高处也就只有七八米了。

城里的房屋建筑大多是青砖建设的，沿街商家的门面房屋前墙顶上还建有女儿墙，老字号的店铺各有特色招牌。比如，饭店门前是要挂幌的，而且回民饭店挂的是蓝色的幌，通过看幌的大小、多少、颜色就知道饭店的规模、特色。比如说，挂一个幌的就是小吃；两个幌的就可以接待较多的客人；四个幌的就相当于现在的大酒店了。据说饭店每天早上开业挂幌也有说道，幌上面的挂钩要从外往里钩，意思是往里来财，要是新来的伙计不懂，老板看到了都要指教的。古城人喜欢喝茶，而且喜欢喝红茶。当时的茶座也有几家，茶座门前挂的是烧水的壶，以示这里是喝茶的地方，其中的付家茶社最红火，因为这里每天晚上还有说书的，着实有一种老北京胡同的味道。

古城里的老字号店铺还有许多，这里的长者经常与我说起。有保和堂药铺、于家钟表行、马家牙社、尚家工艺坊、董家照相馆等等。这些老铺子对待百姓都有一个共同特点就是善待来者，这也许是古城历史的又一种文明的传承。

自古以来，这里的人们商贸意识就很强，这里曾是周边百公里的商品交易中心。城里的工匠们沿袭着先人传承下来的技法制作老百姓需要的生产生活用品，周边的百姓逢年过节每每来这里进行交换。因此，古城就孕生了木业社、铁业社、皮革社、柳编社、被服厂等。那个时代远道而来的蒙古族牧民携家眷赶着“嘞嘞车”而来，需要住宿停车，还要喂饲马牛。在北门里的西侧则有一处大车店，里面有马夫住宿的大火炕，有喂饲牛马的马棚，还有一排排“嘞嘞车”停放处，煞是一番热闹的景象。他们住上几天后，品尝了古城里的美味，把带来的农产品换成自己需要的生产生活用品又回到他们的蒙古包里享乐去了。

在塔子城人的记忆中，小城只有 1.21 平方公里，居住着 6000 余人。城内有传统酿造的酒厂、冰棍厂、酱菜厂、食品厂，还有粉坊、油坊、豆腐坊，另有屠宰场、瓦盆厂等等。城里的百姓就生活在这恬静的天地里。

王宏霞，女，1974 年出生于泰来县汤池镇。县市场管理局干部。泰来县作家协会副主席。

今天，是你余生的第一天

一直想看场电影，本来是冲着《绝命时钟》去的。巧合的是，这部电影昨晚正好下线。同一个时间点，取而代之的是挂着喜剧、惊悚标签的《忌日快乐》，我感觉有点遗憾。但是，我本着退而求其次的心态，还是跟女儿一起去看了。

96 分钟稍纵即逝。随后，我便无比感谢冥冥之中的这个机缘巧合，在心境无比契合的情况下，遇到一套仿佛为你量身打造的思维体操，或者说是一记醍醐灌顶般的老拳。真是震撼与感恩同在，狂喜与深思交织，它让你在琐屑烦恼中不断下落的心突然找到了一个支点，让你迷茫困顿的内心突然被一面镜子照亮，让你喧嚣奔涌的情绪之河突然变得沉静。

苍生有难又如何？云卷云舒，日升日落，今天，是你余生的第一天啊！

第一天，也是不断重复的一天。

总有某些时刻，你会陷入跟小翠相似的恐惧中，那是无限循环的可怕的梦：从同一个场景中醒来，却以不同的方式死去。如同我们在日常生活中被凡俗淹没的不同死法，无所谓好也无所谓坏的庸常。你，我，他们，谁不是在重复一个没有生机的、挣扎的、写好了人生脚本的戏剧的一部分呢？平庸的一直在平庸，挣扎的仍然在挣扎，姿势不同而已。很多时候，我们不是失去了挣扎的能力，而是从没想过有这个必要。

羡慕勇敢的小翠，甘愿不断死去，也要查出杀死自己的凶手。并且在知道卡特为了救自己而被杀死之后，宁愿再死一次，也要让年轻的卡特重生。只有在生和死面前，卑微和高尚才可以被无限放大。不否认，生活从来都是游戏，不同的是，作为程序员的你，可以重新设定游戏的规则和权限，甚至可以预设装备，枪、意志、行动力，或者随便其他什么，只要你不甘于在生活面前束手就擒。

貌似喜剧便贴上喜剧的标签，实在牵强。它更像是披着嘻哈外衣的一曲生活的悲歌。如同《巴黎圣母院》里那个敲钟人，他笑得越灿烂，内心的痛苦便越深重。若你足够敏感，开心笑过之后，你就能品出那一丝丝若隐若无但又无比真实的苦味来。

在卡特宿舍的门上面，有一张贴纸，五颜六色地托着这样一句话："今天是你余生的第一天！"在结尾处，导演以特写的镜头，以极具穿透力的方式将字体无限拉近，如匕首般直指内心。每一天，小翠从这扇门走出去，都希望能有所改变，从充满好奇，到恐惧，到无助，到自救，这是一个现实版的人格锤炼的升级指南，有一种游戏通关的即视感。

最平实的场景，总会蕴含着最巨大的冲击力。卡特跟小翠面对面，盘腿坐在一个灯光昏暗的窗口下面，蛋糕上的小蜡烛点燃了，火光若隐若现，摇曳着照亮两张年轻的、沉静的、温情洋溢的脸庞。

卡特：你刚才许了什么愿？

小翠：我希望能拥有明天。

卡特：拜托，你能不能有点追求？

小翠：不，能够拥有明天就已经很好了。

能睁开眼睛，能看见太阳的照常升起，能呼吸，那不叫明天。无论何时，都有勇气活出真实的自己，心中热望的小火苗不被生活的琐屑熄灭。任何时候，能从基因、经历、智识的天花板的缝隙中看得见外面的光，才无愧于"明天"这两个字。

今天，是你余生的第一天。

而拥有明天，是你今天活着的唯一的理由。

尚铁群（网名：北国渔樵、苏醒等），1953 年生人，大学文化，泰来县作家协会副主席，文学艺术爱好者。编著的《唱响心声——网络放歌 100 首》已经由黑龙江人民出版社出版。

泰湖石刻

石刻在我国有着悠久的历史。“石刻，是造型艺术中的一个重要门类。石刻属于雕塑艺术，是运用雕刻的技法在石质材料上创造出具有实在体积的各类艺术品。”纵观一些地区的名山或林园景点、纪念地，石刻占有举足轻重的地位。

石刻多有立体感，稳重、高雅，寓意丰富，耐人寻味。

海不枯，石不烂，一直是人们美好希望的寄托。

将名言警句刻在石上，往往可以起到醒目颐神、刻骨铭心的作用。甚至将整篇诗词歌赋刻在石上，也多有实例。

泰湖的开发处于现代时，所以，它的石刻设计与建造应该说是年轻的，也是令人期待的。

在泰湖的正门前，立有两块不同特色的石刻碑。

东侧的石刻碑是泰湖的第一块石材新文物。它是一块象形石。轮廓似屹立的泰来版图，刻有“泰湖”两个苍劲有力的大字。作品出自著名书画家刘春华之手，并有签名和印章缀于其旁。刘春华是油画名作《毛主席去安源》的作者，他的成就是家乡的骄傲。他的题字理所当然地是泰来文化的价值连城的瑰宝。后来，石碑进行了打磨和再加工。而我却更喜欢原始的样子，感觉有点古色古香，比较自然。

西侧的石刻碑似一把利剑，直指苍穹，正是所谓"凿崖题石摩苍穹"，给人一种浩然正气之势。上面刻有一行俊秀的文字"泰来国家湿地公园"。题字出自原全国政协副主席周铁农之手，体现了泰湖的崇高地位和国家领导人对于东北家乡的热切关怀。

径直走到泰湖边，三组雕塑下的命题也是比较典型的石刻。它既可以反映出泰来人民的雄心壮志和不屈不挠的奋斗精神，也可以反映出泰来书法石刻的新水平和新成果。三幅作品均由泰来书画院院长迟培恒书写，由本地民间艺人老根镌刻。黑色的大理石上刻出的是镏金文字，技法娴熟，对比鲜明，庄重热烈。分别是"拥抱未来""欢腾""腾飞"。无论是内涵还是外在，都堪称名品佳作。

从泰湖的中心向北，走过泰虹桥，又有石刻新作映入眼帘。那是坐卧在泰湖栈道起点的四块大石，每石一字，分别是"泰""湖""栈""道"。一板一眼，坚实大气，扎根黑土，凝视远方，仿佛是想告诉人们许许多多家乡的故事，也是引导人们走向泰湖的纵深去领略更加迷人的湿地风光。浅黄色的石头，光滑富有纹理，红色的大字，喜庆吉祥，很有品位。

泰湖南侧的水上乐园岸边，还有一块类似"泰湖"石刻的石碑。好像是从县中心广场移来的，原来上面刻有"泰来"二字。现在已改装，刻有象形大字和一首抒情类的诗作，有些深奥。

我想，泰湖还应该有新的石刻诞生，以适应泰湖建设的发展和变化，适应旅游文化的扩展和延伸。

泰湖是一块胜地，值得大书特书。

我真的希望，有朝一日能有行家里手或艺术爱好者可以设计出一座《泰湖颂》石刻碑，与泰湖的旅游和开放相匹配。让泰湖在人们心目中的印象更加明朗深刻、多彩浪漫，抹不去，永远也抹不去……

2015.3.28

孙凤山,1963年6月出生,大学本科学历,中学高级语文教师。齐齐哈尔市作家协会会员,泰来县作家协会副秘书长,诗词协会副主席。创作的童话《流泪的猫头鹰妈妈》荣获"楚天杯"全国语文教师"下水文"大赛一等奖;散文《虔诚擎起这支罗盘》荣获教育征文一等奖;小说《不是多梦的季节》荣获小说征文三等奖。

永远的丰碑

那青郁的苍松掩映下的、冰冷的花岗岩碑碣,可是你火热灵魂的归宿,张将军?72年前,你带着对祖国、对人民、对党的无限热诚,带着未竟的夙愿,把一腔的热血洒在了嫩水依傍的这片热土上。

77年前的那个春天,中原大地,华夏儿女在遍地狼烟中,用生命与热血同日寇进行着白热化的决斗。在通往白山黑水的入关大道上,在一群群的逃难人中,那个有着深邃双眸的壮实汉子,可是你吗,张将军?当时的关东人民,已被东洋强盗的铁蹄践踏了近十年。你带着党的秘密使命,远赴关外,去拯救挣扎在水深火热中的百姓。

你那颗平洋荡寇的心,像充满活力的种子落进了泰来这片土地里。你用超人的智慧与才能,游说于日伪控制的泰来县道德会,赢得了信任,为日后开展革命工作奠定了基础。泰来城西洼地的垦种,那带有红色基调的经营,虽然让洪水吞没,遭到日伪的猜忌,但你用特殊的方式传播党的思想,救民于水火,赢得了人们的爱戴。满口仁义道德的所谓结义兄弟,当你的行为,影响到他在日本主子那儿的利益时,让你来到了被称为蛮荒之地的五庙子。你走到哪里,星火就播到哪里。

有了你,往日冷清的道德会,开始热闹了,听经听道的人多了。你用你的智慧，讲伦常、讲世道、讲活法，让改换天盘的思想在穷兄弟们的心中潜滋暗长。你百般筹措，劳苦奔波，从来不为自己着想，把募捐来的款项都用在了拯救穷兄弟身上。筹建老安所，是你的第一个愿望。你巧妙地利用了日伪政权鼓吹的国泰民安，大东亚共荣的愚人幌子，克服重重困难，建成了老安所。让二十多位贫困孤寡老人老有所养，没有成为乞丐、饿殍。这在生灵涂炭的当时，这在饱受铁蹄践踏的人们心中是何等的震撼啊！

开办草绳厂，是你解贫济困，传播革命思想的又一个愿望。几十台草绳机，解救几十个家庭，让无产阶级革命思想氤氲在嫩江岸畔的大地上。为劳苦大众谋幸福的温暖，开始在人们的心中生根发芽，成为聚集革命力量的基础。卧薪尝胆，把对党的忠诚，化作以一己之力去解除百姓的疾苦……张将军，72 年后的今天，当我用一颗虔诚而崇敬的心去写关于你的文字时，我心里油然地产生了莫名的沉重。从仅存的资料中，了解了你从冀东的苦战犹酣到东北的嫩江边的潜伏，你孤军奋战，这是何等的艰难。那零散、粗略的记载，怎能还原你坚强的革命意志和大勇的革命精神。

你对党的无限忠诚，对穷苦大众的贴心关怀，让日伪有了警觉。穷凶极恶的敌人，把你抓进了监狱，百般地折磨你，但你就是不屈服。当“八一五”的曙光，照到被日寇践踏了 14 年的大地，你挣脱了牢笼，又踏上了新的征程。怒惩日警西山，收缴伪警武器，武装了穷苦大众，守护家园，打击土匪，消灭作恶多端的日伪散兵游勇。你用你的智慧与勇敢，让革命的烈火在以五庙子为中心的泰来大地上燃起。欢腾的嫩江啊，为你的壮举而歌；火红的高粱啊，为你的情怀喝彩。强寇殄灭，党的阳光照耀在松嫩大地上，你毅然投入到筹建军队，保卫革命胜利果实的伟大洪流之中。

你浑身是胆，孤身入匪营，收服穷苦人出身的匪绺，让他们改恶从善，以壮大革命队伍。你踌躇满志，为党的革命工作奔走呼号。嫩江南岸，你勤播火种，使革命势力如火如荼。正当革命力量势不可当的时候，你却遭敌特黑手，把一腔热血洒在了嫩水含情的地方。碑碣无语，却昭日月；泰来有情，永记英灵……

72 年过去了，将军你战斗过的地方，由原来的五庙子，改成了你的名讳——平洋。如今，你洒过热血的这片土地，繁花似锦，沃野平畴，人民安居乐业。稻菽翻浪，感念英灵铸金色；岚霭绣辉，常吟壮举描伟篇。今夜，秉笔抒心，写下些许赞扬将军你的文字。我知道，这苍白的文字，道不尽你英雄品质。嫩水滔滔，将永传你的光辉故事。你的精神早已化作丰碑，屹立在天地间。

李文艳，女，泰来县人，毕业于泰来一中。1968年下乡到六三农场，退休于黑龙江省松滨监狱。中学高级语文教师，专业技术三级警监。泰来县作家协会会员。

看　海

那年，我们一起去看海
海天融成一色
此岸是你我
彼岸有蓬莱
就想过去看看仙境
渐渐，海浪退避三舍
一条神路在眼前劈开
那路，简直是用碎银铺就
一闪一闪
好耀眼
你我在浪的簇拥下蹚过
不求诗与远方
只想，徜徉在这片醉人的海

去年，我和孩子们又去看海
海浪滔天依旧
此岸站着我
你已去了彼岸
奇怪的是
那条通途的神路竟没露面

也罢
本不想看仙境
更无心恋蓬莱
只想一个人在海边
托那日夜奔腾的海水
带去此岸的问候
倾吐不变的情怀
告之,别来无恙、阖家安泰

如今,在南海的身边
有了咱的家
可以随时去看海
伫立在沙滩上
看浪花涌来退去
没有忧虑
不知倦怠
天还很蓝
云时聚时散
眺望远方
我忽然觉得
其实,大海并不宽
此岸连着彼岸
寻寻觅觅
倏忽九载
当生命邂逅了微笑
梦虽缥缈
泪却变甜

杨永奎，1941年出生于泰来县平洋镇，高中毕业。县税务局科员(经济师)退休。省、市、县诗词协会会员，现任泰来县作家协会常务理事，县空竹协会会长，县爱心公益协会顾问，县城市志愿者管理协会顾问，县双滑协会名誉会长，县红歌协会秘书长，县社区教育学院名誉教授，中共泰来县委党校客座教授，县特殊教育学校校外辅导员，泰来县农行小区业主委员会主任。曾出版诗集《拾零集》。

戏说体验

这几天，农行小区又热闹起来了。虽然是数九寒天，可是，农行小区里的人却来来往往，都下楼来看热闹。是什么事情惊动了小区里的老少爷们儿呢？

原来是省市组织部开着一个中型面包车停在了农行小区院里，下来一帮人，他们在后备厢里搬下三台摄像机、三个照相机，还有航模高空摄像机、胸麦、耳麦、隐形麦、滑行旋转支架。“这是干什么呀？”居民们好奇地问。

这时，泰来县组织部闻春云同志说：“你们不知道吧，这是来给你们小区拍电影来啦！”大家伙一听，拍电影！都乐坏了，七嘴八舌地说了起来，以前啊，我们都看电影、连续剧，可都是看外地的故事，今天要拍咱们农行小区自己的故事啦？那可太好了，小孩子们乐得手舞足蹈，拍手叫好，大人们都奔走相告，来拍电影啦！来拍电影啦！当时呀，闹得小区霎时间就开锅了。

这个录制组的组长叫江富阔，是这次录制“小区里的贴心人”的总编兼导演。他来到农行小区一看满院子都是面带笑容的居民,心里非常高兴,拍电影没有群众不行啊。当时就有个小学生叫徐思宇,喊江导演,“叔叔,叔叔,我能不能上电视呀?”江导乐呵呵地回答:“能,能,只要你是小区的一员,就能上电视。”徐思宇乐得直拍手,大喊:“我要上电视啦!我要上电视啦!”巧劲,第二天就拍农行小区里的儿童爱卫会。江导立刻说,把昨天那个小孩叫来让他上镜头。徐思宇做梦也没有想到,这么快就上电视了,一夜就梦想成真了。

说实在的,这次拍的专题片“小区里的贴心人”,我是主角,所以呀我的感触更深。就说这个江导演吧,平常跟我们乐乐呵呵,有说有笑,可一开机,那是相当严肃,一本正经,一句话说不好,不行,重来,那是真认真负责啊!特别是拍我的那些镜头,更是一丝不苟,毫不含糊,场面必须严谨、真实、生动、感人。

第一个镜头:我是怎么向政府要钱来维修改造小区的。

第二个镜头:拍小区收取房屋维修资金。导演让我找一个当时和我对着干的人,场面实,叫门门不开,开了门不让我进屋,推你、搡你、骂你,甚至要打你,把这个场面一定要拍下来。你们说,难不难?难也得拍呀,导演不达目的,誓不罢休啊!就这么一个镜头,足足拍了二十多遍呀!

第三个镜头:拍我肺癌只能活三个月,在医院里的镜头。当时,县组织部特地向县人民医院要了一间病房,专门给我录制。老伴悲恸欲绝,号啕大哭的场面。录制中,我老伴说着说着就笑啦。江导演让她哭,哭,可她就是哭不出来。那江导也不放弃,十遍,二十遍,反复录。江导耐心引导她想想夫妻感情,你看着你老头,快没气啦!那时,我的灵感也上来了,紧紧攥住了老伴的手,上气不接下气地说:“老伴呀,你还不了解我吗?我是一个共产党员,我不想死,我还想要干、干……”眼睛慢慢闭上了,就在这一刻,老伴一下子趴到我身上,号啕大哭起来,哭得十分伤心,哭得天昏地暗。这时候,就听江导演大喊一声“OK!”成功了!我的妈呀,我长长地舒了一口气,终于过关了!

我深深地体会到,当一个导演不容易,当一名演员也不容易,活在这个世上的每一个人,无论干啥都不容易呀!这就是我的亲身体验!

张坤杰,女,1962 年 10 月出生,泰来镇退休干部。中华诗词学会会员,省市诗词协会会员,市作家协会会员,泰来县作家协会常务理事。作品散见于《黑龙江诗词》《龙沙诗词》《魅力肇源》《泰来文学》《泰湖诗词》等书刊。

岁寒三友(外八首)

青松挺入云,白雪洗喧尘。
竹影摇清韵,梅心展素魂。
丹青描玉骨,翰墨绘宣芬。
霜剑从容过,谦谦励后人。

荷

出水芙蓉娇艳芬,琼苞凝脂透纯真。
高洁傲骨馨香溢,淡泊清心君子魂。
倒塔风敲蜓立影,粉颊雨打墨留痕。
绿盘铺翠浮幽韵,静看繁华不染尘。

采风路上

陌上白杨树,迎风沐彩霞。
枝头藏鸟语,烟外隐人家。
玉米窜缨舞,稻菽翻浪花。
今观丰硕景,一路话桑麻。

瞻仰马占山塑像

神武将军立马横，涛声浪语赞英雄。
惊天壮举驱倭寇，傲骨忠魂映日红。

观黄花村老榆树

苍榆三百几经纶，沐雨听风孕树魂。
福佑民安神韵在，根深蒂固伫乾坤。

游东方红森林公园有感

文朋五月踏青园，引路清风入树间。
松影无声迎雅客，相机有意记娇颜。
农家风味飘香远，林海氧吧福众欢。
同道高歌诗醉酒，唱吟盛世创佳篇。

江城子·清明

风风雨雨又清明，柳垂青，燕穿行。思亲寄语，满眼泪盈盈。敬上鲜花先祖祭，回往事，梦恩情。

西江月·参观九八抗洪纪念馆有感

骤雨九八汹虐，咆哮欲毁家园。军民奋起在前沿，何惧风高浪险。
有党英明决策，成城众志擎天。狂澜力挽谱新篇，大爱无疆助建。

鹧鸪天·雪韵

瑞雪凌寒漫舞飘，银装四野岭千娇。婆娑玉树留清影，泥鸿爪迹印琼瑶。　天外客，荡喧嚣，痴情一片向谁抛。凝凇沐日融红柳，化露迎春孕绿潮。

路延成，1972 年 3 月出生于泰来县。大学学历。现任县粮食局副局长。泰来县作家协会常务理事。

捉　蜻　蜓

小时候，我特别擅长玩。滑单梯、打冰尜、扣麻雀、弹玻璃球、捉蜻蜓……在这些游戏当中，印象最深的、玩得最好的要数捉蜻蜓。

蜻蜓的土名叫“玛楞”，为了捉到它，不知道是谁编了一套顺口溜：“玛楞玛楞落落，你妈死在柴火垛。”玛楞像能听懂一样，还真就落在支出来的柴草棍上呢！记得那时候心里很羡慕蜻蜓，看着它自由自在地飞到这儿飞到那儿，就想，自己要是它该有多好，想去哪儿就去哪儿，多么自在！

捉蜻蜓是我们儿时玩伴儿都参与的活动，捉住它后有三种玩法：一是用细线拴住它的尾巴，然后扯住细线的另一端，蜻蜓开始逃脱拼命飞的时候，我们就找到了一种放风筝的感觉。二是把它的尾巴揪掉一小截儿，然后找根细棍儿从创面处的小孔插进它的肚子里，松开手，它就奋力高飞，直到消失在我们视野里。有时细棍儿太重，它刚一起飞就降落了，我们也不去理会它，反正它的同伴儿到处都是。三是把它的翅膀剪下来夹在书页里攒着，谁的翅膀数量多花样多，谁就能获得一种被羡慕的满足感。

捉蜻蜓绝对是个技术活。首先，必须要了解它的习性。蜻蜓头部灵活，复眼视觉灵敏，警惕性高。鄙人不才，在这里介绍一下我的“绝活儿”：当一只蜻蜓停落稳当后，就要做好准备工作。第一步，蹑手蹑脚走到它跟前，伸出拇指和食指，其他三指合拢蜷起，以免目标过大惊飞蜻蜓。然后，小角度张开，形成钳口状，慢慢靠近它的尾部。当蜻蜓尾尖进入“钳口”，你要迅速出击，合拢二指，这时，它基本上就成了囊中之物。不过，不要得意太早，在你捉住它尾巴的一刹那，它的身体迅速蜷在一起，几乎首尾相扣。这时，它的嘴瞬间就会咬到你的手指，如果你害怕疼，手一松，它就成功逃脱了。如果不怕疼，马上用另外一只手收拢它乱颤的翅膀，它这就算被彻底制服了。尽管它浑身使劲抽搐挣扎，时而尾巴奋力向头部伸去，但是翅膀在你手上，任它怎么折腾也无济于事。这时，你才可以称得上是真正成功了。如果它比你反应还快，在你出击前，冲你嫣然一笑，然后振翅离去。如果是这样，你不要着急，不要失望，不要气急败坏，更不要打草惊“蜓”，它会回来的，真的吗？真的！这就是它的习性，也是它的致命弱点，就像我们捉了一只还想再捉一只的贪婪一样，无法改变。所以，你要耐住性子，反复按照刚才的动作要领进行抓捕行动，直至成功。

还有一种捉蜻蜓的方法，不过不常用，想想跟捕鱼的原理有点儿类似。捕捉前先用铁丝撅成个扇面，绑在长长的木棍上，然后满世界找蜘蛛网，找到后也不管蜘蛛同不同意，把蛛丝儿全部缠到扇面上，密密麻麻的，跟羽毛球拍一样。然后跟铁扇公主似的，扛着木棍去找蜻蜓。见到蜻蜓后一顿挥舞一顿划拉，倒霉的就粘到了网上，运气好的、机灵的吓得屁滚尿流回家找大仙叫魂儿去了。因为蜻蜓反应敏捷不易被捉到，再有，捕捉的姿势太不优美，总跟犯了精神病一样手舞足蹈，所以，这种捕捉方式基本失传了。

蜻蜓分好多种，按个头儿讲，有一种经常在河面上活动的大块头，它太“贼”了，几乎逮不到，除非是它生病或者遭到了意外伤害行动不便了才有可能被捉住。还有小得不能再小的“微型”蜻蜓，瘦瘦弱弱的，一点儿风就能刮飞的那种，根本不在我们猎捕范围内。按颜色分，有深红的、浅红的、深黄的、浅黄的、褐色的。按翅膀样式分，有花边儿的、纯色的、黄褐相间的……

那时候，我的技艺很是了得，总是能够在最短的时间内捕获最多的蜻蜓。在一片夸奖和感谢声中，我总是把它们分给小伙伴们。后来，干脆就捉了放，放了捉。原因很简单：扒房子找蛐蛐儿——就是个玩儿呗！

小时候条件有限，不像现在的孩子玩具多，蜻蜓就是老天爷赐给我们的玩具之一，不用买不用赊不用借，常玩常新，而且还磨炼意志，锻炼耐力。

感谢蜻蜓，让我们的童年多姿多彩；感谢贫穷，让我们学会了知足常乐；感谢那个土里土气的年代，让我们的回忆郁郁葱葱……

滕剑锋,1960 年生人,泰来县造纸厂退休。热爱文学与诗词。齐齐哈尔市作家协会会员,泰来县作家协会常务理事,县诗词协会会员。

张卓将军的初浅印象(外四首)

初次与张卓将军谋面,被他的儒将风度所打动。他和蔼可亲,平易近人,思维敏捷,步履沉稳,谈笑风生,看上去完全不像一位 75 岁高龄的老人。当讲起自己经历过的每一件事,都历历在目,像讲故事一样,娓娓道来,十分动听,耐人寻味。

说起他大学毕业,组织上安排他去部队锻炼,在一次搬运粮食的劳动中,由于他出生在农村,平时在家帮助父母干农活,打下了坚实的基础,其他人扛 140 斤一袋的粮食走跳都很费劲,他扛两袋,走起路来还很轻松,一直扛到完成任务。因为这次劳动的表现突出,被前来考察学员情况的团首长发现,给他留下了深刻的印象,并被应征入伍。由于他加入了梦寐以求的解放军队伍,更加激发了他的上进心和报效祖国的雄心壮志。通过参加部队组织的一系列活动和训练,团首长越发感觉到他为人诚恳朴实,工作认真向上,行动雷厉风行,处处起到表率作用,又有一定的文化素养,不久就被部队列为重点培养对象。

由于他经历了部队几十年的培养和教育,加之自身对业务知识的刻苦钻研,又有一丝不苟的敬业精神,在哲学的研究方面取得了突出的成绩。通过对毛泽东主席的《矛盾论》的深入研究,历经12年,倾注了他大量的心血反复推敲和论证,终于写出了一篇8000字的精品学术论文,在军界引起了强烈的震动,在全国学术界也引起了不同寻常的反响,同时该论文被中央党校刊发,这是很难能可贵的。如果没有扎实的哲学理论基础和非常广博的学识,是做不到这一点的。这就是我们泰来这片热土养育出来的,既普通又具有极高素养的部队人才的代表;这就是我们家乡人敢于攀登学术巅峰的真实写照,同时也是我们家乡人的骄傲。

通过他在部队中的努力拼搏和不断进取,善于团结同志,廉洁自律,克己奉公,一步一个脚印地走出了自己精彩的人生,终于成为了一名将军,一名响当当的、经过实践考验和锻炼的好将军。张卓将军——我们泰来人为有您而感到骄傲和自豪。

七月十五日与张卓将军小聚感怀

文化搭台故土情,葡萄架下宴席丰。
将军难忘家国事,助力腾飞韵味浓。

泰湖散步

林荫栈道释情怀,靓女佳男喜自拍。
翠柳随风轻曼舞,荷塘深处暗香来。

读宫淑琴大姐文稿感怀

通篇文稿总关情,字里行间韵味浓。
倾酒抒怀陈旧事,醇香厚重醉人生。

回首2017

小城文萃讲堂前,心语相倾柳岸边。
六水福泽灵秀地,经年花季尽开颜。

张秀福，笔名茂源。1961 年 12 月出生，高中文化。泰来县作家协会常务理事，诗词协会、桑榆诗词协会副主席。

参加作协、诗协群有感（外八首）

欣逢盛世启新航，雅韵萦怀动笔忙。
妙趣横生争入眼，诗乡流彩续辉煌。

赠骨外科护士1站

白衣秀女焕精神，不负杏林追梦人。
语润心田冬日暖，情连黎庶惠风熏。
关怀备至凭慈善，呵护有加靠挚真。
一曲爱歌萦宙宇，阴霾散去最温情。

赠骨外科全体医务工作者

技术超群敢领军，胸揣百姓铸医魂。
一腔热血春长驻，两袖清风德永存。
敬业守职彰本色，扶伤救死鉴初心。
人民医院人民赞，大爱无疆鱼水深。

赠二人转协会杨兄

戊戌日暖熏，佳节喜逢君。
观貌知才俊，闻言犹故人。
回声琴韵曲，腔啭鸟鸣春。
精彩人生梦，红尘几度寻。

春　游

和煦春风柳韵长，村郊试马沐斜阳。
邀来紫燕合笛唱，一曲山歌寄远方。

有感病妻(二首)

(一)

噩讯传来如坠渊，锥心刺骨梦惊寒。
痴修慈善应无恙，虔奉观音祈动天。
谁道人间真爱少，从来蒙难众人牵。
妻身流淌一腔血，全靠佳朋鼎力捐。

(二)

阴霾笼罩暗天低，忍泪含悲咽且啼。
诗友募捐倾大爱，亲朋呵护解危机。
临灾一场惊寰宇，卧榻卅天苦瘦妻。
喜遇良医施妙手，劫波过后报恩慈。

吾儿俊清出殡

回首坟茔不忍看，仙风盈穴了尘缘。
奈何桥畔分良恶，阎殿衙前辨耿奸。
楠椁凝香滋体魄，青灯闪亮照心虔。
吾儿尚有怜情意，祈祷娘亲早健安。

应邀参加音德尔诗词学会

佳刊问世沐春昕，意蕴宏开自不群。
老骥扬蹄犁紫陌，雏鹰振翅傲乾坤。
神山高耸生花笔，绰水萦回天籁音。
试看兴安吟帜盛，人间正道此中论。

安仲皎，1975年7月出生，大专文化。现任泰来县宁姜中学校长，县作家协会常务理事。

老　　刘

老刘，今年快六十了，十多年前大家就叫他老刘。他是村里学校的门卫，十六年前那场大水让他没有了家业，于是，来到学校做点事谋生。

老刘个头儿不高，黑红脸，正宗的东北汉子。不过左手在小时候就落下了残疾，长不大，也不能劳动，但右手健康。

老刘有"三大"，一是官大；二是饭量大；三是劲大。校内师生无不佩服。

先说"官儿"大。就说他的工作吧，多了去了，白天敲钟打铃、管电提水；晚上送电、管灯、查看校园。平日孩子们进出校门时谁要有些不文明行为，老刘顿时一声大喝，可谓"路见不平一声吼"，俨然学校的大总管，那些淘气的孩子都敢怒不敢言。要说这还不算官大，还有呢。前年学校安装了电动门，这可是村儿里第一个现代化玩意儿，刚安的几天大家围着赞叹不已，老刘手持遥控器开关，谁要是进门必需恭恭敬敬，否则，老刘推迟开门时间"后果自负"，而且，还要签到登记。

再说饭量大。老刘享受着食堂为他提供的免费三餐，他自己专用的饭盆比马勺略小，用网装着右手提着便走，很是方便。满满一盆，有饭有菜，有滋有味，一会儿工夫，必定吃个精光。让在场的孩子无不骇然，老刘这是在放羊那些年练出来的。据说，老刘还创下了连吃十个包子的“学校纪录”，把承包学校食堂的老赵弄得哭笑不得。

大家也别感叹老刘是个“吃货”，人家能吃也有力气呀。别看老刘人不大个不高，可是有把子力气。他的左手不能劳动，于是，右手得到了空前的开发，力大惊人。学校水房里有一个烧水的大号“快壶”，老刘每天加水，要把水桶提起一米半高，老刘用一只右手轻松搞定。后来，孩子们看他一只手毕竟不方便，在课余时间就帮他提水，让他感动得不得了。老刘的劲大在学校是出了名的，学校的男老师与他掰腕子，统统甘拜下风。直到三年前新调来一名年轻的体育老师，把他打败，才让他懂得了“天外有天，人外有人”的道理。

现在算起来，老刘为学校工作十六年了，年纪大了，也该休息了。这不学校去年就在联系各级领导部门，让老刘到“敬老院”去安度晚年。可老刘听说这事，愁了好长时间。他舍不得离开学校，这里的每一栋房，每一块砖，他都有感情；那口老井，那架敲了十六年的破钟，都是他的老伙计，他也离不开那些活泼淘气的村里娃。

大家也想不出，真要是老刘走了，学校门卫会是什么样。

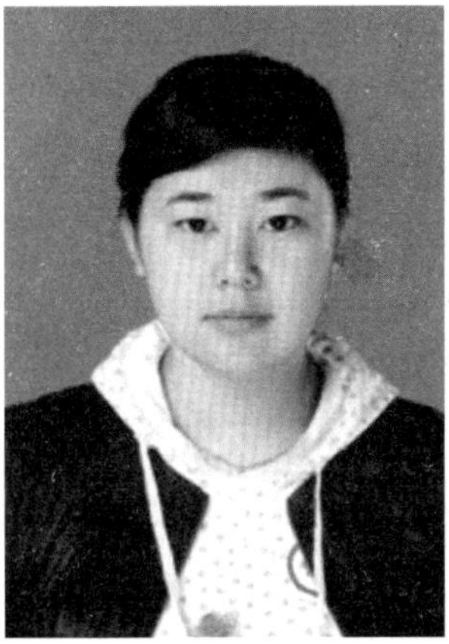

许晓玲，女，1984 年 11 月出生于泰来县大兴镇，现任泰来县作家协会常务理事，兰馨女子文学社常务理事。先后参与编辑出版了《泰来革命老区史》《记忆不能忘却》第一、二、三辑。在中国老区《红色思源网》上发表多篇文章。

有外婆，才有澎湖湾

“芳草依依柳如新，炊烟袅袅故人归。寒鸦寂寂诉哀思，清风徐徐春如旧。”这是今年清明前夕写给外婆的，虽然她早已听不见了，但我习惯了清明前后静下来写点东西。岁月更迭，时光飞逝，蓦然回首间，外婆离去已经有 14 个年头了。

14 年前，24 年前，34 年前。那时候，我在，外婆也在，我们都在，故乡那黄澄澄的稻田，南飞的雁群，炊烟缥缈的村庄仿佛都浮现在眼前……

小时候因为父母工作忙，我是外婆一手带大的。外婆生于乱世，见过风云更迭，挨过饿，受过冻，身体不好，心脏病很严重。但是，特别坚强和乐观，外婆没有被裹脚，穿 40 号的鞋子，个子比一般的老年人高一些，梳着过去流行的齐耳头，爱穿淡雅的带着碎花图案的上衣，裤子总是直直的，穿着跨带布鞋，走起路来直直的，干净利索。她总喜欢教我唱那首《解放区的天》，给我讲抗战的故事，讲她们是怎么从那个年代生存过来的事。外婆信佛，性格豁达、开朗，对待街坊邻居热情亲切，无论谁家有个大事小情，总是积极帮忙。她会看一些简单的病症，谁家孩子不舒服，不管是几点，随叫随到，而且从不收钱。也正因此，逢年过节，我总是有好多的罐头和糕点吃！我的外公很儒雅，他会日语、会音律、会写毛笔字。但是就是喜欢清静，不爱操心。年轻的时候得了胃穿孔，大夫说必须转院，外婆说不行，让医生就在当地做手术。大夫说在当地做手术可能活不过三年，但是外婆特别坚定，她怕路上奔波风险太大。最后，按照外婆的意愿，就地做的手术，喜忧参半，喜的是外公比大夫预计的多活了50多年，有点忧的是，由于链霉素用量过大，从此一个耳朵聋了，我们跟他说什么都得喊他才听得到，也从此让他老人家得了个超级洋气的好名字——老聋王，街坊邻居都喜欢这样叫他。外公什么事都依着外婆，外婆是一位特别有主见的老太太，家里家外一把抓。有她在的地方，我们这一大家子人就都有了主心骨。

外婆对我特别的疼爱，每天早早她就起来烧炉子，做饭，把我当天要穿的衣服找出来叠好放在褥子下面，等饭好了，衣服也暖好了才会叫我起来。而我总是懒懒地想再多睡会儿，每到这时候，外婆就会跟我比赛做鲤鱼打挺，看谁的速度快。有时还偷偷地袭击我，把在外面刚干完活的凉凉的手伸进被里逗我。我爱吃爆米花，那种转动的，会发出“砰”一声响的铁锅做的那种。有时回家要是看姥姥不在，那准是又去路口排队给我崩爆米花去了！从小到大，无论是在家上学，还是去外地，只要回家，总是远远地就能望见外婆站在家门前的那个小路口正张望着等我回来，一直坚持了二十多年，从没间断过。唯有一次，许是她累了，躺下就再也没有起来。如果说时光可以倒流，记忆可以修改，我愿回到6月2日那天，寸步不离地陪着她。外婆突如其来地走了，在还没有来得及懂得死亡的真正意义时她就永远地离开了我。多少还没有来得及说的话，再也说不了了；多少还没有来得及做的事，再也做不了了……后来，我总是做着一个不同场景，但同样的梦，梦里的外婆没有去世，她只是出了趟远门，虽久了一些，但还是会回来的。故乡黄澄澄的稻田还在，南飞的雁群还在，炊烟缥缈的村庄还在，可故乡的路口再也没有了外婆的身影。

渐渐地我发现，生命本就如此，花开花落终有期。所以，人应该学会珍惜，活在当下。千万不要忽略了时间的匆匆，忽略了人生的短暂，忽略了有机会报答的恩情，忽略了生命本身不堪一击的脆弱。时至今日，外婆慈爱的眼神，殷切的教诲仍时时温暖着我，鼓舞着我。未来的路上，我会用外婆一样豁达的心胸去做人，用外婆一样坚韧的品格去做事，善待他人，珍惜拥有。

“晚风轻拂澎湖湾，白浪逐沙滩；那是外婆拄着杖，将我手轻轻挽；踩着薄暮走向余晖，暖暖的澎湖湾……”

毛淑华,1953 年出生,大学学历。齐齐哈尔市作家协会会员,泰来县作家协会常务理事,泰来县诗词协会副会长。曾参与《泰湖诗词选》及其他几种期刊的编辑工作。有作品发表于《黑龙江省诗词选》《龙沙诗词》《关东文苑》《宜兴日报》等书刊以及网络微刊上。

郊游漫记——走进春天

北方的春天总是来得晚一些,并且来得有些突兀,有些特别,令人有一种始料不及的感觉。几天前还是“白雪却嫌春色晚,故穿庭树作飞花”,转瞬却另是一番“残雪暗随冰笋滴,新春偷向柳梢归”的欣荣景象。

一个早春绝好的天气,沿着公园的河堤漫步走向了郊外。春虽尚浅,却已掩饰不住她若隐若现的娇姿媚颜:湛蓝的天空,悠逸的白云,还有那绿色迷离的远山近野,令人为之一震,心情顿觉明朗了许多。三月的江南,这个时候想必早已是嫩草萋萋,“喧鸟覆春洲,杂英满芳甸”了。而在北方,却冬意阑珊春初露,“绿柳才黄半未匀”。陌野上只是一片片毛茸茸的纤细如绒的小草,“草色遥看近却无”用在此处是最恰当不过了!可即便只是那么星星点点的绿意,已足以让人欢欣雀跃,爱意泛滥,毕竟它是春天最美的信笺。站在田野中,我如痴如醉。昂起头来,闭上眼睛,享受着碧蓝的天空中那抹乍泄春光。岁月长河,春去春来,也不过只是一低眉之间,怎却如隔了一个世纪之久?此刻的阳光照在身上,感觉是那样暖暖的,犹如恋人送来的香吻,吻在面颊,吻进心里,明媚了笑容,也明媚了一季。

迎面又是一缕和风吹过,凉凉爽爽,犹如一巾丝绸拂过。刚刚苏醒的土地被融化的雪水洇成了深浅不一的颜色,低头,那带有潮乎乎的芳草香气如此浓烈，直扑鼻中，沁入肺腑，不由得贪婪地吸着呼着。

因了是休息日吧，路上的行人渐渐多了起来。已脱下了厚重冬装的人们三三两两地走向了郊外。那个刚刚过去的冬季虽说给了人们许多遐想和浪漫，但带给人们更多的却是些许沉重和压抑。风和日丽，春光正好，自然就迫不及待地与家人与朋友结伴出行，沐浴阳光，寻找快乐，去释放心灵，去捕捉春天的气息。忽然，在哪里传来悠扬悦耳的笛声，时而似泉水叮咚，时而如鸟语欢歌。惹得几只思乡心切的早归燕儿在柳林中穿梭徘徊，想必它一定误以为这里还有着自己的同伴吧。拱形桥下，封冻了一个季节的湖水早已经被这春日的暖阳所融化，那一块块冰冻层面业已扭捏地放下了身段。清澈的水面上，微波粼粼，滧溁潋滟。偶尔有几片枯叶随着缓缓流动着的湖水在视线中渐渐隐去。

走在路上，正神思飞扬，忽听到几声惊叹：大雪刚停，怎方才几日便蓓蕾枝头？顺着别人的手指望去，哦，路旁是谁家院子里的几棵杏树果真是春情萌动，满树的花苞羞答答地绽放着属于自己的浅嫩花色。对着这一树的"道白非真白，言红不若红"，对着这似乎一夜之间突然长出来的诱惑，除了张大嘴巴，什么也说不出，却懂了那句：冬天来了，春天还会远吗？原来，春就在冬的孕育中，在冬的怀抱里。此刻，便想起了苏东坡的那首词："东风有信无人见，露微意、柳际花边。"真真切切感受到了他乍觉乍现春意的那份惊喜。此一刻，多想"折取一枝城里去，叫人知道是春深"。可是，面对这一份生机，一树新意，又怎能下得去手？那是春之最美的韵脚，是春之最好的诠释；是春天带给人们最美的信物，也承载着主人心中的一份希冀，一份美好。

再顺着望下去，院子里一排白色塑窗下的水泥台阶上懒懒地躺着一只猫儿，眯着眼睛尽情地享受着一抹暖暖阳光，那副慵懒倦态，竟能让人徒生几许疼爱，几许羡慕，又几许妒忌。树根下，几只土鸡叽叽咕咕地在树下争相刨着松软根土，一定是在那儿发现了蛰伏一冬的虫儿吧？只有墙角还有些积雪固执地躺在那里，迟迟不肯化去。不知它是在留恋那一度的纯洁唯美，还是在提醒着人们曾经也有过属于自己的那一季节……

正是一年春好处，吹面不寒杨柳风。相信用不了几日，风中便会挂起一帘帘翠玉，陌上柳色，薄如轻纱，淡若云烟。杏花开了，桃花红了，梨花笑了，一似美人春睡起。想起了雪小禅的那一段话："这不是早春，不是暮春。是一年之中最慌乱的季节，都舍不得过每一秒了，那杜鹃叫得人心里慌着呢，连普洱都喝不下去了，急急地穿了薄衫扑到春里……"就是这样的心情吧，脚下的步子便更加轻盈起来。一个人，走着，走着，走在季节里，走在心情中……

徐巍,女,1977出生,初中毕业。爱好诗词、剪纸。齐齐哈尔市作家协会会员,泰来县作家协会常务理事,县诗词协会会员。

红宣缘(外十首)

红宣轻展净嚣尘,剪落花香指染春。
今把心魂都入画,幻成梅下煮茶人。

题枯荷

一

原是佛前一朵莲,三千清水一方田。
纵然秋去繁华尽,风骨铮铮向碧天。

二

莲心莲子悟因缘,我伴枯荷枕雪眠。
听雨听霜听岁月,清风透骨即成禅。

写给女儿生日

娇杨沐雨十余春,秀雅清新喜煞人。
破雾穿云胸满志,青枝翠叶不沾尘。

题剪纸《一剪梅》

凝神聚意用心裁,疏影婷婷指上开。
晚雪情忱香寂寞,随风舞絮为君来。

剪竹赠友

昔日板桥入画中，今朝剪下亦风情。
俗尘槛外经霜雨，竹有节来君有行！

岁月静好

烹词煮句约知己，明月清风斟满杯。
心有诗情春永驻，苔花如米也芳菲。

初　　雪

谁绘乾坤一夜间？何时泼墨染千山。
凡尘多少诗情客，争把心思入画颜。

春　　醉

野径金梅笑，长堤绿一痕。
和风斟玉液，痴醉几春魂。

西　窗　梅

红梅共我旧情怀，雪里寒香寂寞开。
静守西窗悄望影，一眸心事任谁猜。

鹧鸪天·红宣情

月色如霜枕上铺，情怀慵怠艺荒芜。红宣漫展眉心锁，绿蚁犹温泥火炉。　　枝上月，指间图，痴心不改记当初。剪来疏影余风骨，蘸缕梅香写鹧鸪。

李云吉,1973年1月出生,现住泰来县和平镇团结村。黑龙江省书法家协会会员,泰来书画院创作员,泰来县作家协会常务理事。

醉 墨 草 堂

醉墨草堂,我的书房。因本人喜酒,常与好友狂饮烂醉,又整日里舞文弄字,游笔戏墨,沉醉于笔墨之中,故得“醉墨”二字。本无书斋,一次在万家宾老师家做客,老师关心地问起我新置的房子时,提及这一储存杂物的地下室。老师建议不如改做一书画室。因为在地下,屏蔽了一切外界的视听干扰,可静心于书画。这也正合我意,因为是一储存杂物的地下陋室,也就借了杜甫草堂之名,故称之为“醉墨草堂”。虽为草堂陋室,却也是邻里相闻,好友常聚,本心释义的佳处。

草堂本无奇处。40平方米的地下室,截去10平方米做了杂物间,简单的白墙,地上是最廉价的地砖,置一桌、一椅、一张花费百余元自制的画案、一部电脑,无他。不知何时小镇里传开了“云吉家的地下室装修得好”。所以熟悉的、不熟悉的都想来看一看,我的草堂一时成了小镇上热闹的观光之处。每有人来第一句话都是:“太好了!”可细看之后却又不明白了,“如此简单,没有什么特别的呀?”对于别人的评说,我只是一笑而过。有几人能知醉墨之意,更有几人能知草堂雅趣,还是我带大家品赏一下草堂吧!

北墙上是书画院院长所提的横幅“醉墨草堂”四个大字。既是草堂，西墙上自然是名家所书的“陋室铭”的横幅了。最让人难受的是，东墙上横架半空的下水管道，我请木匠师傅简单包装了一下，包装时的长宽是我预先设计好的，一幅印刷品的“清明上河图”整好覆盖其表，而上面正好也是我那几百册书的安家之处。既包装了下水管道，又自成一处书架，加上清明上河图的衬托，最难看的地方却成了最雅之处。屋内流淌着电脑音响里那《高山流水》的古筝曲，画案上木雕的笔筒，笔筒内大小不同的毛笔，一方雕花的仿古砚，青花瓷的笔洗、笔架，一对紫檀的镇纸，压着墨迹斑斑的毛毡上那幅未完的新作，画案下几刀规格不同颜色各异的宣纸，长短参差、横竖不一的卷轴。再看书桌上几本和着或打开的字帖，那套古板线装的画谱，还有那读了半卷的诗集，一套淡雅的茶具里散发着淡淡的茶香。就是这样简单的草堂，让主人醉了、客人醉了。

每当闲下来时，关了门窗，独自坐在草堂桌前，没有了窗前门外急速的车流、匆匆的脚步，听不到那一切繁杂的现代化噪音，聆听音响里的古琴曲，品几口碗中的粗茶，随便捧起一本诗书细读，或握一管狼毫、展开一本字帖追摹古人的笔意，有时也会寄情挥毫一首伤感的诗或一阕婉约的词，也可能是一幅痛快淋漓的水墨。一颗烦躁的心已淡然宁静，这时不知是我已隐于市井，还是已身在桃花源了。渐渐地小镇上的几个好友，有事没事总爱到我的草堂来坐一坐，我也就顺便关了本就冷淡的修理店。啤酒自是常备，抓几把花生米，也就以酒代茶，助了畅谈之兴。不论是分享了朋友的快乐，还是分担了他们的烦恼，如此一醉方休，自是人生一乐。

时间长了，无论是亲戚、同学、朋友，知道我也好客，大家常爱聚在这里，无论是到小镇上办事，还是到别人家聚会，无论是饭前还是酒后，总会有人提出：“走，到云吉那去喝茶吧！云吉那有好茶。”其实哪有什么好茶，只不过大家来了，在那最普通的茶里加入了一缕书香，融入了一份情感，喝的也不过是一种心情罢了。谈的是诗词书画，论的是古今中外、海阔天空，兴起时挥毫泼墨，成就了一幅至真的性情。这样的时光总是很快，不觉间天色已晚，贤惠的妻子早已为我们准备了几样可口的小菜，当然更是少不了酒。一醉方休后，大家离开的时候，手里总会多了一幅带着酒气的字画。

醉墨草堂，心灵的驿站，好友们的醉翁亭，陶醉了我，也醉了大家。生活就是这么简单，有这样一个草堂足矣！

高玉平，男，汉族，1962年出生，大学文化。泰来县作家协会常务理事。

山　居(外九首)

手上干龙入鞘间，心中力马放南山。
躬耕陇亩居陋室，归去园田游桃源。
入夜闲观星斗转，明晨忙捡蘑菇还。
宁静淡泊读书乐，自在逍遥写壮篇。

题北京李伟先生画《虎》

久卧幽穴筋骨僵，梦觉徐步上山岗。
威风重振雄心在，草密林高啸苍茫。

题赵晓刚画《梅花》

枝虬骨露雪凌压，红艳幽香少蜂蛱。
疏影婆娑多少梦，成就如来吾佛家。

题内蒙古李甲忠老师画《林泉高致图》

鹤戏清流虎卧山，老松树下把云观。
云游四海随心走，回顾林中谁更闲。

赴京过戊戌年

鸡鸣犬旺喜迎春，吉瑞祥和气象新。
塞外雪融辉日月，花开京城动乾坤。

游白云观

白云观上望云飘，道德经里读逍遥。
中华文化渊源溯，朴素之中有本标。

登岳阳楼

岳阳楼上观洞庭，几船匆匆几舟横。
万千游客游胜地，百十官员赞贤能。
名楼成就人中杰，佳景频出地亦灵。
我至层楼当自励，两字中心忧乐工。

清明节祭祖

清明时节草木新，鸿雁归来梦牵魂。
大小后裔备锹帚，回乡祭祖来上坟。
荒郊烧纸非浪费，不怕跪拜为唯心。
亘古悠悠难记忆，我自何来当知恩。

题赵晓刚画《竹》

凌云禀性直，质坚有节气。
名利心中空，禅悟魂印壁。

题根雕《右军洗笔池》

豪挥锋芒匕，点划劈削奇。
屠毕山河梦，驻此拭淋漓。

孙显昌，1973年10月出生于泰来县泰来镇街基村。经营“大昌装裱室”。黑龙江省书法家协会会员，泰来书画院创作员，泰来县作家协会理事。

不懈追求，何计春秋

——我的书画情缘

我现在的主要工作是书画装裱。

在泰来县建设路南段西侧，有一个不起眼的门市，牌匾上写着“大昌装裱室”。工作间虽然略显狭小，但却无疑是泰来书画人的沙龙。这里将众多艺术家的作品变成了艺术品，增添了完美的形式；这里完善了泰来县的各个级别的书画朋友和生活在外地的泰来书画家以及外地人的作品。大家都爱到这里来品茶聊天，原因之一就是我也酷爱书画艺术。

对于书画既有家庭的熏陶，也有学校的教育，骨子里渗透了扎根传统文化，吸收、继承并加以发展的理念。

热爱书画是从喜欢开始的，喜欢是最好的老师。小时候就对书画感兴趣，那时由于生活条件和教育条件的限制，虽说学校也有美术课，书法有描红、钢笔仿写，但因师资关系，课时有限，在校受到的美术教育是有限的。课余我们就画小人书，吸引我们的不仅仅是故事情节，还有那一张张美丽的图画。也不懂什么，只是知道好看，大了才知道，都是当时大师级人物的作品，有刘继卣的《大闹天宫》、贺友直的《山乡巨变》、王红利的《十五贯》、程十发的《孔乙己》、王叔晖的《西厢记》、王兴北的《三打白骨精》、王亦秋的《杨门女将》《三国演义》《水浒传》等很多优秀的作品。不仅学到很多做人道理，也在美术方面有了初步认识。后来，学校组织美术小组，大家放学一起写作业之余就画画，没有素材就以画小人书为乐。条件艰苦，我们就用普通铅笔，在作业本的背面画，依然乐此不疲。也就勉强算是美术锻炼吧，现在想起还有一种甜甜的苦涩在心中回味。

父母都是老师，有时父亲写毛笔字，我就在旁观看。初见毛笔就有一种亲切感。那时有描红，钢笔仿写，也没有特定的老师，有时间就写一会儿。纯粹是玩的心态。虽然写不好，但也偶尔得到父亲的赞赏。在童年的时光里，画画写字，在骨子里就有亲近感，对于以后成长的过程中，总有一种热情在心里流淌，动力就是喜欢，爱好是最好的老师。

中学毕业在泰来技工学校学习美术专业。虽然只有两年时间，但以专业的角度认识书画，对于书画有了更深的理解，也成了最大的爱好。这奠定了以后的生活里有了学习的方向。当时泰来技工学校师资力量很雄厚，为社会培养了大批美术人才。虽然现在学校没了，但这些师生现在有很多，依然是县域文化的中坚力量。他们有中国书协、省书协、省美协会员，在外地的很有建树。在学校期间对书法、篆刻十分感兴趣，也投入了更多的时间、精力，购买了一些这方面的书籍，进行系统的学习。有了互联网就更方便了，书籍、视频、影像，网络上很多，使我的学习、生活更加丰富，结交了很多这方面的朋友，大家一起探讨，共同学习，互相促进，我积极参加县市省举办的展览，先后进入县书协、市书协、省书协。现在我加大临习力度，不断吸收传统文化的精髓，为将来参加中华书协做准备。

艺无止境，是爱好推动了我的前进，是老师和朋友的鞭策，让我不断进取。在我的内心里总是感觉自己的不足，需要学习的东西还很多，专业的提高，还需文化修养的提升，我总深感自己天资驽钝，只有加大力度，以勤补拙。

在艺术的道路上，追求永无止境。现在的我只是一个初入门路的爱好者而已，是浩瀚的大海中的一滴水。然而书画却是我的挚爱，一个穷极一生的爱好，可为之痴迷，为之癫狂。

李幸，女，教师，1969 年 12 月出生，大专学历。曾在泰来镇小学担任音乐教师和班主任工作十余年。现就职于泰来县中心幼儿园。文章曾在市、县的刊物上发表。主要作品有散文《与文学共舞》《泰湖季景》《再念杀猪菜》等。齐齐哈尔市作家协会会员，泰来县作家协会理事。

泰湖季景

泰湖之春，清而蓬勃；泰湖之夏，艳而繁华；泰湖之秋，澄而富丽；泰湖之冬，静而空灵。天有四时，湖有四景，一走一驻足，一望一品评。

春日游湖，最是令人欣喜。除去一身辎重，换上轻薄明艳的春衫，心和飞扬的衣角一起，在吹面不寒的杨柳风中猎猎作响。踏着轻盈的碎步，行一路，歌一路，惊喜一路。讶然于不知何时解冻的湖水，讶然于不知何时开放的山花，讶然于春来得这么快，这么令人猝不及防。

不过要说这时节最好的去处，还请君一路东行，漫步于环湖栈道。

这个季节游湖，自然是要来沾一沾这里蓬勃的生机。于是请低头看看青草——看那大片的、嫩绿的、一眼望不到边的青草！它们是“生机”二字最好的表现形式，它们能用那满到溢出来，泼洒了漫山遍野的生命力，让人们习惯了冬眠的身体立刻复苏，也会让你不禁感觉到：哇，这饱经尘世风霜的躯体，好像也能再发出一身嫩芽，长出一身新叶来！

在层层叠叠的水泥屋里，三月和四月似乎没有什么分别，但是听说湖边的春天已经舒展到了最好的时节。你，不去看看吗？

夏日游湖，最是令人惬意。当一整天的暑热终于散尽，一整天的疲惫告一段落，这时候当然就要携一家老小去湖边转转。

提起夏天最美的所在，那必然是连缀着湖面的这条长堤。漫步堤心，被稍微带点潮意的水边空气蒸一蒸；被长而柔软的湖畔垂柳摸一摸；被左右两边水鸟的对船歌逗一逗……你不禁怀疑，在夕阳下闪着粼粼波光的这两池，是否都是上等的美酒？不然怎会闻上一闻，看上一看，便有点儿醺醺地醉在其中了呢？

举目远眺，东一望，是返璞归真的苇塘湿地；西一望，是日渐繁华的美丽家乡；南一望，一片翠绿连绵着一片翠绿；北一望，那层叠的树影中似有一座富丽的庄园。

秋日游湖，最是令人平静。秋天的空气总是格外清新，令人愉快。而秋天的湖边，则令这愉快彻底升华。

秋高气爽，最是树叶斑驳，黄而未落。这时节的泰湖，抬眼就是景，提笔就是诗，随手一抓，就是一幅好画。不过这最盛之景，那可讲究了。需是“十一”小长假前后，以晴日下午为最佳。届时，正值苇絮飘飞，整片苇塘上绵白胜雪，在反射着阳光的金色水面，和那连绵的、同样呈现淡金色的苇秆映衬之下，彼情彼景奇幻如天堂。

最为神奇的是，这景色只能亲自去体会，不管是相片还是画笺，抑或是我这稚拙得要命的笔，都无法表现出那片奇景的精髓。我想也许那本身就是一片幻境——当时的泰湖可能幻化成了另一片天地。它所唤起的，也就是我们所看到的，那大概是我们内心深处的“美”之本身吧。

虽然身为泰来人，但你也许不曾认真留意过那份美景，所以今年秋天，推荐一定要去试试。

冬日游湖，最是好雅兴。因为冬天的湖面真冷，除去滑冰者和二三顽童，恐怕只有真正懂诗性之人愿意乘兴而往。如果时机足够巧合，冬天的泰湖边也许会只有你一个游人。届时，那方天地间的所有，便皆你一人独享了。尽管天寒地冻，却也别有一番“念天地之悠悠”的豪情。

这时候游湖，那自然是要到冰面上走一走，而且最好是泰湖的东南方向，毕竟对于咱们陆行者来说，这一片领域只有在这个时节才算是敞开了胸膛。

想来神奇，这么大一泓无形的清水，竟能冻成这一整块巨大无比的翡翠。虽然这翡翠清而透明，但是细看的话冰面并不是一个整体，冰里有长而连绵的裂隙，在光的反射下灵动如活物，像一条穿梭在翡翠中的银龙。

泰湖之水，活而俊美；泰湖之花，艳而繁华；泰湖之木，青而俊秀；泰湖之丘，翠而清幽。年分春夏秋冬，湖景各不相同，依湖移步入仙境，宜看易醉已留情。

贾艳春,女,1966年出生于泰来县。自由职业者,爱好文学,擅写新诗。齐齐哈尔市作家协会会员,泰来县作家协会副秘书长。偶有作品发表于《春暖花开诗刊》《龙沙诗词》《泰湖诗词》及《泰来文学》等刊物。

秋季里的情诗(外一首)

贮存了
整个夏季的情愫
将每一片叶子
都沤满了玫瑰红
你把相思
写进纵横的脉络
每一条叶脉
都交错出万种风情

这样一个多情的季节里
有太多期待在循环往复
这一刻,你能否读懂
彼此的心韵
你能否感觉到
一双凝望的眼睛

又一次荒芜的季节里
收获如期而至

你将最美的一面交给遇见
沉醉在爱的世界
何惧叶的飘零

秋天的声音

午夜的大风并未吹散浓重的云
只是带走了一段漆黑的时光
尽管天空全是云朵堆积的灰色调
我还是装成一位诗人的模样
哼着诗意的歌,透过云的缝隙
讴歌天空的那一片湛蓝

秋天到了,我似乎听到了一片秋声
像是候鸟们对家的眷恋
或是树冠上叶儿的轻叹
我好像还听到了风的呜咽
吹落树叶一直是它的追求
却因何又变得如此伤感

秋天到了,我在心里策划着天高云淡
然后模仿诗人,写一段不可否认的诗句
好让我苟且的生活变得诗一样浪漫

王俊秋,女,1965 年生人。毕业于中央党校经济管理系。1986 年参加工作,泰来县平洋镇中心学校中学高级教师。齐齐哈尔市作家协会会员,泰来县作家协会常务理事。曾多次在全国各地、各级刊物上发表文章。

“傻子屯”情结

说到“傻子屯”,真是远近闻名,而我恰巧就出生在这个“傻子屯”。

齐白公路的 101 国道穿屯而过。“傻子屯”隶属于黑龙江省泰来县平洋镇东胜村,蒙语“大呼拉”。因“文革”期间“四类分子”的子女无人敢嫁,年长的光棍为了成家,无奈之下就娶了傻子做媳妇。而这些外来的傻子每天无所事事,整天在公路上游荡,见人就撵,见车就追,真是挺让路过的人害怕的,慢慢的“傻子屯”就出名了。

2017 年 8 月末的一天,刚上班就有同事告诉我,有人找我。我赶紧迎出去。原来是家乡来人了,而且是嫂子家的一个侄女。谈话中我知道了她家孩子要上初中了,家庭贫困及诸多事情让我帮忙。她的孩子是个女孩,叫王璐。王璐的姥爷前几年癌症去世了,姥姥也六十多岁了,整天在马路上东跑西颠。她的妈妈也不是太灵通,找了一个体弱多病的上门女婿,操持着这个风雨飘摇的家。

王璐和她妈妈怯生生地来到了我的面前。我问躲在妈妈身后的王璐:“你有什么要求?”她说:“我想好好上学,我家没有钱;但同学瞧不起我,总喊我傻子!”看着长得清秀、腼腆的孩子,我决心帮帮她。最后我们约定——共同努力帮助她实现她的理想——考高中、上大学!

我帮助孩子找到了宿舍主任,把孩子安排到一个有利于她学习的房间。然后和家长分析,找学校救助。校长和主任了解情况后,当即表示:减免食宿费。接着我又找到了班主任付小茜老师,和她介绍了王璐的情况。付老师也表示:一定帮助孩子完成学业。回到家里,我把我家的衣服收拾了一丝袋子,让他们拿回去,给她家孩子、大人穿。

开学了,王璐纪律还可以,但学习劲头不足。我又找到她,和她很严肃地谈了一次。告诉她:如果想要成才,必须自立自强。每个人成功的路上,都必须付出艰辛的劳动。学习如果不用心,就会被落下。你的愿望是好的,但是实现愿望必须约束自己,肯于付出,这样才能补上以前的欠缺,稳步前行。同时我也表扬了她的优点,对她提出了希望。孩子眼里闪着希望的光,信心满满。在以后的课堂提问中,她表现得也很积极,性格也变得开朗多了。课下她不再是那个唯唯诺诺的小姑娘,而是融入同学中,脸上洋溢着灿烂笑容的自信满满的好少年!这次月考,王璐的成绩提高了很多,英语也由一窍不通,达到了及格的程度。看到孩子的进步,心里真有说不出的高兴。有一天她偷偷地找到我,坚定地告诉我:“这次我英语考得不好,我会更加努力的。数学有一个题因为马虎丢分了,下次我一定注意,相信我,期末一定争取考个好成绩!”看着孩子迎着阳光的笑脸,我仿佛看见了这个阳光少年,在生活的风浪中,顽强拼搏,励志前行,正在用自己的努力开启着生活的新篇章!祝愿你:雏鹰展翅,飞得更高更远!

十一放假了,王璐和妈妈来到了我家。说过节了,感谢我对她们的帮助。拿来了两袋月饼,和她们在百忙中抽时间在山上采的蘑菇。看着洗得干干净净,已经焯好了的蘑菇,真的有说不出来的滋味。这一个个鲜蘑,寄托着一家人对孩子的期望,凝聚着家长和孩子对我的深情厚谊。我并没有做什么,只是举手之劳,但是这个家庭的所有人,却像恩人一样回报我,真的很让我感动。我没有留她们的月饼,并拿了一些水果让她们回去过节吃。送走了她们,望着她们远去的背影,更加坚定了我努力工作,回报家乡的决心。

过节的时候,孩子们都回来了,虽然炒了好多菜,但我觉得饭桌上的蘑菇炒肉最好吃,最有味道!

张海清,1958年出生,高中学历。1978年参军,退伍后分配到广播电视局工作。泰来县作家协会、诗词协会会员。曾在协会期刊上发表诗歌和以下乡为题材的文学作品。擅长木刻、小工具制作等技艺。

观泰湖荷花(外十首)

满塘怒放荷花香,过往行人拍照忙。
疑似江南灵秀地,醉人琴曲亦悠扬。

观张平洋将军活动旧址

断壁残垣岭下寻,观瞻遗址泪纷纷。
为民甘洒一腔血,酹酒乾坤慰烈魂。

参观九八抗洪纪念馆

九八洪水浪滔天,携手军民意志坚。
各地支援关冷暖,战天斗地续新篇。

二战苏军纪念碑

硝烟散尽立丰碑,灭寇苏军神勇威。
狼子野心犹尚在,再来挑衅必难回。

申地房子屠村遗址

国耻铭心筑此台,屠村刽手是狼豺。
灭绝人性千夫指,国盛蛮夷岂敢来。

塔子城下乡追忆

四十年后忆知青，意气风发拓古城。
拙手田间汗如雨，至今犹记泰州风。

庆“十九大”

十月北京传喜讯，方针国策顺民心。
蓝图绘就扬帆远，致富还需领路人。

立冬感怀

寒来暑去雪茫茫，叶落枝头留断香。
周而复始自然界，秋尽冬来盼春光。

写给农民兄弟

脸朝黄土背朝天，朴实农夫无怨言。
为解天下人腹裹，不畏暑来何畏寒。

与文友踏青

又是一年踏青来，天然氧吧几时栽。
农庄美酒壮诗韵，更有歌星展俊才。

泰湖春晓

拂面微风春意浓，泰湖岸上听蛙声。
莺飞燕舞鹤长唳，薇动萍浮鸟续鸣。
山色湖光若西子，家乡宝地胜蓬城。
欣逢盛世民欢悦，特色中国主旨明。

王志勤，女，1949 年生，平洋中心学校退休教师。现住平洋镇。泰来县作家协会理事。

童 年 趣 事

童年是一轴色彩斑斓的画卷，让人回味无穷！它不但记录了我们儿时的幼稚、天真，也记录了我们的喜怒哀乐。虽然饱含着酸甜苦辣，但那是人生中最美好的一段时光。

塔子城，一公里见方的小镇，正街是个十字，中间有个大牌楼，在我的眼里却是那样雄伟壮观，四个城门相向而立，古老的城墙早已没有了当年的模样。

这座小古镇留下了我童年的脚印，它是我生命中最值得怀念的地方。儿时的往事，一桩桩一幕幕不时地在脑海中浮现。

一场大雨过后，我们几个小朋友在街道玩耍，街道正中一条小溪在缓缓地流淌，我忽然发现水中有大钱儿，它也挤在小石子里顺着水流移动，我急忙大喊“快看，大钱儿”，大家都奔过来顺着水流捡，真多，我们进到小沟里，这会儿谁也不怕鞋湿了，一会儿工夫，我的衣兜装满了，小手帕也包了一些，我们都乐得手舞足蹈，拿着这些战利品直奔收购站，都换得或多或少的几个小钱。

在正街的西侧，有个很大的电影院，有时候演电影，有时候县评剧团也来演出，这是小镇最热闹的时候了。有一天，又有演出了，我们几个小孩跑到电影院，看到人们拿着各种彩色的门票陆陆续续往里走，我们几个急得直蹦跶，忽然我脑海里闪出个念头，咱们也做票呗，和小朋友们一说，他们都说行，一个小朋友说：我家就有这种纸，于是我们蹦蹦跶跶地跑到他家，也按票的大小剪出那个模样，也在纸上像模像样地写几个字，票是做好了，这要让人发现可怎么办？真是无知者无畏，“怕啥地，发现咱就不进呗”。行，我们每人手拿一张“票”怯生生地递给了看门的，他什么也没问，就放我们进去了，心里这个乐呀！我心想，这个人肯定不认字，竟没发现这是假票。坐在里边看节目，这心里也是怀揣兔子，很怕一会儿能不能来找我们，真是做贼心虚呀！直到节目演完，这颗心才放下，心里默默地想，这种事儿再可不能干了，怎么说也是不对呀！

电影院早已经没有了，但这儿时的往事，总在脑海中闪现，难以忘怀！

小时候，经常去我父亲的单位。银行和政府的后院是通的，我发现政府后院有一大垛豆秆，边上有黄豆粒，那时候家家挨饿，看见几个豆粒也觉得很珍贵，我蹲在那就捡黄豆粒，外边露出来的捡没了，又扒拉豆秆捡豆秆垛下边的，小手冻红了也不在乎，一直到手帕包不住了，才乐滋滋地拿回家。我妈把黄豆泡出芽炒咸菜，逢人就夸我懂事儿，我那个乐呀，觉得自己长大了，能为家里做事了。

我家房子的东边，有几棵大树，经常有成群的鸟飞来飞去。看到我哥用夹子能把鸟夹住，我也总想试试。但我哥是不会把夹子借给我的。有一天，我哥不在家，我偷偷地拿出他的夹子，也学他的样子，在苞米秆子里抓到几只小虫，把虫子固定在夹子上，然后费了好大的劲把夹子支上，放在树下的平地上，再把露出铁的地方扬上点细土面，我蹑手蹑脚地躲在远处，等待麻雀来吃虫子。不一会儿，一只彩色的鸟真来了，我的心“怦怦”直跳，只听到“啪”的一声，鸟真被夹住了，我一跳老高，拿起夹子就往家跑，弟弟妹妹都用羡慕的眼光看着我，我也觉得自己是能人了。

童年，是一个人一生中最美好的一段时光，尽管那个年代生活贫困，但也有很多令人怀念的美好事情。

刘彩凤,女,1969 年出生,本科学历。中学高级教师,曾任泰来县和平中学语文教师,和平中心小学校长,现任和平中心学校教研室主任,泰来县作家协会理事。

品　　茶

——泰来文学大讲堂有感

泰来文学大讲堂,对于我来说,就是放在杯中的茶,回味留醇香,滋润永绵长。

宫淑琴主席,曾经是我们这些小字辈女生的偶像。原来的宫主席,在我们心中充满“生当作人杰”的豪迈,听了讲座,更走近了宫主席,女强人也有“一寸愁千缕”的柔肠。从一个商店营业员到一个女副县长的成长历程,是文学溪水的滋养。那艘老船的哀伤,那月与雪孕育的梅香,那与雪共舞的顽强,仿佛不是在讲文学创作,而是涓涓诗情在流淌。

远方老师,浓厚的故乡情怀。身在远方,心在故乡。那热炕头,那土坯房,那家乡的土豆,那碗斧头换的面条,那小葱蘸大酱,那碗酸菜汤……对家乡浓浓的情,对家乡痴痴的爱,跃然纸上。更有那幅画上,跪乳的羔羊,无一不是诉说,家乡的土壤,是成就了远方——知名作家、画家的温床。远方老师不仅仅是《做生活的有心人》,更是在做故乡的有情人。

温明远老师,“写!写!写!努力写!不停写!”是鼓励文学爱好者成为作家的集结号。“用语言记录自己的人生”，只要努力地写，不停地写，平凡的生活也可以成就一个不平凡的创作人生。

董学章老师的《编剧是时代的画师》，勾画了泰来文化的美好愿景：让戏剧在一人一事上体现，让文化在一碑一石上体现，让情怀在一草一木上体现。未来的泰来，一步一风景，一眼一诗画，一事一场戏，让每一个文学爱好者都成为生活大舞台的编剧，让每一个文学爱好者都成为时代的画师，宣传泰来，美化泰来。

文学大讲堂的课程业已结束，但是几位老师讲说的心路历程和几位老师对泰来文化的期冀，仍然久久萦回在我耳边，沉淀在心里。如清茶，久久弥香……

我细品着这杯茶。

赵萍，女，1965 年 10 月出生，小学教师。毕业于齐齐哈尔师范学院小学教育专业。泰来县作家协会理事。多次在县文学刊物和昂昂溪《溪水诗林》发表文学作品，曾在县庆“三八”征文活动中获得二等奖。

传　　承

前几天，同事的母亲去世，我参加了葬礼。感触颇多，随笔记之。

主家是一个砖瓦院子，五间一排的瓦房，院内物品摆放得井井有条，院子宽敞而阔达，容纳了一个四代同堂之家。由于我们一行人是下班以后才来，参加葬礼的人大部分已经走了，所以人不多，我们才有机会与主家接触。一进院子，一个高挑个子、清秀、窈窕，大约五十岁的女人，系着孝带子就迎了出来，不用介绍，我们认识，她是这个家里的儿媳妇，也是婆婆（已故去的老人的儿媳妇，她自己的儿媳妇的婆婆），还是一直伺候故去的老太太的人。见到她我肃然起敬，情不自禁地与她聊了几句，“下班了？”她说，我点点头，然后说：“让你久等了。”她说：“没关系，我们也是现准备的，老人脑血栓，卧床八年了，谁知一朝就走了。”说着她的眼泪潸然落下，我赶紧安慰她几句。随之震撼了，八年！是何等的长久。每天都要像伺候孩子一样地伺候一个瘫痪在床的老人，这是何等的艰难，何等的不容易呀！她招呼我们进屋，然后就去准备酒席。我趁着这一会儿溜达到外边院子里，一眼便看见墙头上放着逝去的老人的被子和衣物。把刚刚故去老人的被子、衣物放在墙头上是我们这的习俗，被子、衣物放在外边，七天后才拿去烧，我走近前仔细看了看，只见洁白的被单子没一块儿脏的痕迹，内衣内裤也很干净，有两条内裤虽然打了补丁但很干净。这时屋里喊我吃饭了，吃饭时我有幸和这位女主人一张桌。她的两边坐着两个不懂事的小孙女，一个三岁，一个五岁，奶奶、奶奶叫个不停，这个奶奶也不吃饭，光顾照顾两个孩子，嘴里还一个劲儿地向我们解释，说："人多，一天了，孩子都没吃饭，请你们见谅。孩子从小就跟着我，她妈妈叫不去的。"我们还能有什么想法呢？心里只有敬佩，只有敬仰。她，是一位普普通通的农村妇女，然而，她的道德伦理观念是不平常的。她只是中国千百万劳动妇女中的一员，她用自己的行动做出了平凡得让人尊敬的事。孝敬老人，伺候幼小。哪一点不值得称赞呢？这就是我们文明中国的普通劳动妇女！想到这里，我举起了酒杯，其实我是从不善于在任何场合发言的，但今天我真是情不自禁："大嫂，今天有幸和你坐一起，在老人面前你是好媳妇，在孩子面前你是好婆婆，在孙子面前你是好奶奶，我向你致敬！"大家都向她投以赞许的目光，而她只是浅浅地一笑说："这是应该的。再说，我要给儿媳妇做榜样，将来她会像我一样的。"短短的一句话说得多实在呀！话音刚落，她的儿媳妇端着菜来给我们加菜，对她说："妈，你别光顾孩子，自己也吃，一天了。"

是啊！孝敬老人是中华民族的传统美德，和我们每一个家庭息息相关，在这里我看到了五千年的敬老爱幼美德的传承，赡养老人是每一个做儿女的义务，人人都会老啊！

李建国,汉族,男,1957年10月18日生于嫩江县。中共党员,大专学历,泰来县供销合作联合社退休。齐齐哈尔市作家协会会员,泰来县作家协会理事。现任县诗词协会党支部书记。

泰来,我可爱的家乡(外一首)

泰来,我可爱的家乡,
你好听的名字多么吉祥;
你身上的锦带叫嫩江;
你花开的季节多么芬芳;
你沃土中孕育着丰收和希望。
田园风光美,五谷粮满仓,
六畜牧兴旺,科技促发展,
网络电子商。
中华绿豆之乡美名扬,
嫩水稻米万里香,
勤劳善良的人民,
团结一心奔小康!

泰来,我可爱的家乡,
你走过征途的岁月多么沧桑;
你百年拓荒创业的脚步多么铿锵;
你鸡鸣三省的地缘令人神往;
你爱国爱家的精神闪耀着光芒。
山水赛江南,辽塔古城墙,
抗战第一枪,战洪风雨情,
湿地如画廊。

中华诗词之乡谱华章，
美味招引客八方，
勇敢智慧的人民，
锐意进取写辉煌！
啊！泰来，你就是我可爱的家乡！
无论我走到哪里，
我都会用心把你歌唱！
无论我走到哪里，
我都会用激情把你赞扬！

我是一片雪花

我是一片雪花，
洁白，优雅，
依恋红梅的怀抱，
缠绵，潇洒。
我是一片雪花，
天真，浪漫，
净化纷扰的尘埃，
晶莹，无瑕。
我是一片雪花，
清纯，亮丽，
炫动娇柔的舞姿，
妙曼，芳华。
我是一片雪花，
在天地间轻盈地绽放，
如果有一天我在阳光中笑出泪花，
那就是我对春天的牵挂！

王君，女，1958 年出生。黑龙江省泰来县人。中共党员。中等药学专业，职业中药师。2014 年退休于泰来县平洋镇中心卫生院会计岗位。泰来县作家协会理事。

默默奉献　善良永颜

她，姓刘名永颜。她没有轰轰烈烈的壮举，不会花言巧语、伶牙俐齿的交际，也没有赚大钱的能力，却能跨越几代人的代沟以及包容身边很多不如意的人和事，让几代人的大家庭和睦相处。因为有她这样的女人，让周氏家族安定幸福，温馨祥和。

周家上有 98 岁的奶奶婆婆，79 岁的姑婆，70 岁的公公，56 岁的婆婆。奶奶婆婆已多年生活不能自理，一日三餐及日常起居都需要有人照顾。然而，她不计较家务活的繁重，吃苦耐劳，干净利索，洒脱勤快。她主动帮助婆婆料理家务，并且，包揽了照顾奶奶婆婆的活儿。近百岁的奶奶婆婆，喜欢听永颜和她唠嗑，特别享受永颜给她擦澡、洗头、剪指甲。还喜欢吃永颜做的菜，尤其喜欢吃永颜包的饺子。有时，奶奶婆婆待得闷了，就会叫永颜和她说会儿话，聊聊天。虽然永颜也很累，本想抽空歇会儿，可是看到奶奶婆婆那期待的目光，她就忘了一身的疲惫，耐心地陪着奶奶婆婆聊天，满足老人家小小的心愿，变着法逗老人家开开心心地度时光。

2008 年，企业改制，丈夫洪军下岗了。为了让二位老人更好地享受生活，也为了女儿的学业，他们举家搬迁到县里。生活环境改变了，生活的压力也大了许多。公公的年事已高,需要人照顾,婆婆的身体又不好,小病不断,丈夫洪军仍在平洋谋生计,早出晚归,日常家务根本无暇顾及,家中的一切一如既往地全权由永颜打理。为了还房贷,她于2015年在龙妹家政服务中心谋得保洁员工作。正当生活在甜蜜中快乐而匆忙地奔跑时,88岁的公公于2015年7月被查出肝癌晚期,坚强而乐观的公公不想治疗了。但六个儿女都很孝顺,一致要求老爹住院治疗,能减轻公公一分痛苦,也是一种幸福。能让公公多活一天,也是大家共同的心愿。住院期间虽然有儿子女儿护理,但公公最信任的还是老儿媳永颜。二十多年的朝夕相处,公公早已把这个正直无私、淳朴善良的儿媳当亲闺女看待。公公住院期间她为了让公公吃上可口的饭菜,骑着又老又旧的自行车,无论酷暑烈日,还是刮风下雨,都要回家亲自下厨房做上公公爱吃的饭菜,然后再送到医院。这样她从单位到医院再到家,一个往返就是六公里的路程。保洁工作又累又脏,一向工作认真踏实的她,从未因繁重的家务影响工作质量。她也是有血有肉的躯体,不是钢铸铁打的,她不但要忍受身体上的劳累,更痛苦的是要忍受心理上的煎熬。看到公公被病魔折磨得痛苦不堪的样子,她真的很心疼。为了能减轻老人家的一点点儿痛苦,她给老人家轻轻地按摩、喂药。公公重病期间她几乎是寸步不离地昼夜陪护老人家,直至2016年5月21日老人家平静地离世。

可当她还没能从失去亲人的痛苦和思念中走出来时,她的母亲又于当年的10月7日突发心梗不幸去世。这让本就伤心的她更是悲恸欲绝,可当她看到年近古稀的老爸那痛不欲生的神情,她只能擦干眼泪挺起腰杆勇敢而坚强地承担起照顾老爸的责任。她深深地懂得,妈妈的突然去世,最痛苦的是爸爸,我是家中的长女,我要做好榜样。为了能更好地照顾老爸,她和丈夫洪军商量决定,把身患心血管疾病的老爸接到自己的家中,和爸爸一起度过失去亲人的痛苦艰难期。

如今的刘永颜,把对已逝亲人的深深怀念,化作对生者的拳拳孝行。经历了岁月的磨炼,生活的锻造,亲情的温暖,她身体力行,潜移默化地教育着下一代。女儿在给她的节日祝福中说:妈妈您真的好辛苦呀! 在别人眼里您只是个普通的妈妈,但在我的心里您是最伟大的妈妈! 妈妈我爱您! 女儿朴实的语言,让永颜感到很欣慰,也更加坚定了她对生活的热爱,坚信生活不会亏待善良,百善孝为先的行为是有穿透力的。中华民族的传统美德将薪火相传。

徐文进,1956年出生,大专文化。泰来县作家协会理事。作品《满江红·庆祖国60周年华诞》荣获2010年“华夏情”全国诗文大赛一等奖。

百年老柳与祖父

有人要问县城内最老的树是哪一棵,人们都会不约而同地指向东风路幸福家园附近那棵老柳树。要问它有多少年树龄了,恐怕没有多少人能知道。我虽然不能肯定,但估计这柳树起码也有百年以上了,因为它与我的祖父有着密切的关系。这棵老柳树可不一般,虽然过百年,但是仍不失伟岸雄姿、蛇龙隐现之势。老干新枝、垂柳缕缕、随风摇曳,仍散发着无限的活力。它见证着我县小城的历史沧桑,象征着社会、经济的蓬勃发展。放眼望去,树干上条条红绸缠绕,一些人早已把它当作神灵,献上红丝带,祈祷家庭平安、万事如意、身体健康。我的一个远房姑姑在80高龄时还托付叔父从呼兰县带来十尺红绸系在树干上,以表达对祖父和这棵老柳的怀念及为这里的亲人祈福,我现在还能找到这条红绸呢。近年来县政府已经把它用铁围栏保护起来,不允许任何单位和个人砍伐或移栽。

每当看到这棵老柳树,我就不由得想起祖父来,因为那是他亲手栽的。转眼一个世纪过去了,祖父也已过世四十余年,但他的音容笑貌仍历历在目,他所讲的故事仍记忆犹新。我祖父的家乡在河南省武安县(解放后划入河北省)，从小就在中药铺当学徒。那时政府无能，倭寇入侵，连年战乱，人民贫困潦倒，生意难做。18岁那年只身随同乡闯关东来到东北，流落在泰来小城。当时武安人基本都是搞中药材生意的，据我所知，我省老一代中药师差不多都是这个地方的老乡，一听口音就知道。来到泰来后，几个同乡就在现在这棵老柳树旁、过去的老街东侧开了一个叫“和发谦”的药铺，以卖药为生扎下根来。那时这条街是我县唯一一条繁华的街道，一些买卖都在这里经营，道路两侧还没有树木，为了美化一下门庭，几个人商量栽几棵柳树。于是，就到东泡子边(造纸厂投产后放碱水就叫东碱泡子了，岸边有很多柳树苗子和芦苇，现在的泰湖)挖了几棵小柳树栽上，最后由于种种原因只活了这一棵。1956年我县开始公私合营，和发谦药铺被取消，地址后来划给了国营被服厂，人员都被并入县、镇医院的药房或医药公司。我祖父被分配到泰来镇医院(过去叫火红医院)药房，一直工作到退休。我小的时候经常到祖父工作的地方去玩，从那时开始就受到了中药的熏陶。总看到他老人家光光的头，戴着老花镜在那里，不停地用毛笔在发黄的红色竖格、人工订做的本上写字，后来我才知道那是他在记载有效的经验方剂。因那时中医、药几乎不分家，他虽然是老药剂师，但也经常给患者开方治病，还教我如何识别中药，后来有部分老药剂师改行行医了。在他老人家的影响下，我也喜欢上了中医药这一职业，也为现在从事中医奠定了基础。他的这本手写方集至今仍在我这里珍藏，由于年头太久，纸张有的已破烂，但他那漂亮的毛笔字仍清晰可辨，这也对我练习书法提供了很好的摹本，那些经验方剂每每用之，都能很快奏效。

祖父家就住在大柳树东侧的一个小巷子里，他退休后经常带着我和弟弟在大树下乘凉玩耍，每到树前，他都摸着树干仰望许久，我想那是回忆他那艰辛、遥远的过去，也可能为他亲手栽的这棵柳树顽强的生命力而感到自豪。转眼四十余年了，直到现在我每到这棵老柳树旁，仿佛看到他老人家摇着芭蕉扇，露着慈祥笑容还在那里呢。我真想扑过去，跪在他的面前，再叫他一声“爷爷!”老柳、祖父已融为一体，永远在我心中。

于海涛，汉族，1966年出生。初中文化，从事建筑行业。喜欢文学、摄影。齐齐哈尔市作家协会会员，泰来作家协会理事，泰来诗词协会会员。

七律·秋宴(新韵)(外五首)

深秋十月赏风光，釉浸山川丽彩妆。
雨润松苍增黛绿，雪娆枫劲饰红黄。
归鸿问道瑶池境，舞叶邀约童话乡。
山野敞怀拥日月，大千恩馈入华章。

七律·雪(新韵)

灵奇天孕下凡庭，不寂冬寒我任行。
手舞皎绫播脂屑，足摇缟带鼓琼风。
江南水映银蛇景，塞北川披玉蟒容。
飘洒九天梅染醉，欣观禹甸正腾龙。

鹧鸪天·纪念毛泽东诞辰124周年(新韵)

为救民族危难中，先驱几代未成功。韶山巨日冲天起，禹甸新国应运生。　击两霸，统群雄，胸怀百姓自甘清。雄心敢把星河换，挥手全球起惠风。

五律·元日寄语(新韵)

梅绽喜春风,琼沙携瑞行。
乾坤迎犬印,新岁送鸡踪。
尘路三关迹,人生半世程。
白头羞问鼎,振臂向新峰。

鹧鸪天·贺《泰湖诗词选》发行(新韵)

天洒梨花梅吐红,泰湖诗选贺年丰。谁持椽笔坚冰破,今御文舟瀚海行。　擎大纛,引春风。著书甘为众留名。八年艰苦八年乐,不负家乡唐宋情。

浪淘沙·观诗词大会有感(新韵)

瑰宝动春妍,国粹屏观,抒情言志意非凡。华夏明珠书璀璨,文史皇冠。
盛况越空传,惊震先贤,捻须翘首眺人间。喜看仄平播世界,笑蔚苍天。

赵静杰,泰来县和平镇人,出生于1983年,初中毕业。泰来作家协会理事,泰来诗词协会会员。

月夜有思(外三首)

一

月华如水透轩窗,枕上翻来记忆长。
如梦生涯谁似我?从来未敢细思量。

二

蘸得清辉写入诗,茶香一盏渐浓时。
夜深犹恐惊人梦,总把台灯低又低。

三

常把情怀赋笔呵,悲欢小字细斟酌。
半生碌碌今于此,除却诗囊剩什么?

四

银光脉脉冷风微,篱落萧疏菊色垂。
莫怨人生多逆旅,冰轮千古尚盈亏。

五

春花秋月动心波,我负良辰又几何。
回首年来风更雨,双眉常作远山多。

六

风清云淡月梢头,点点繁星格外幽。
谁把银光掬一捧,悄然心底送温柔。

七

阶前小径漫徘徊，静看一轮霜色开。
纵有月华无限好，无人共我并肩来。

题香雪兰

一枝香雪俏争春，嫩蕊黄衣不染尘。
欲问芳心香几许，伊前醉了几多人？

鹧鸪天·闲居

一

最好浮生万事无，雪窗倚就热茶扑。留心勤侍盆中草，枕手闲翻史后书。　方暖榻，小红炉，时光懒懒梦相呼。落花声里听诗意，提笔词名写鹧鸪。

二

白玉新妆底色铺，琉璃世界掩荒芜。拈来六瓣填诗韵，煮就新茶引火炉。　帘外雪，手边书，悠悠旧绪动心初。谁曾许把梅花树，为我窗前种一株？

唐多令·再题香雪兰

吟雪静生香，含羞试浅妆。韵恬恬，一抹初黄。漫把玲珑轻串起，花底事，待春量。　清影伫深窗，冰心染月凉。暗销魂，寒夜未央。几瓣芳馨零落处，谁拾去？谱诗行。

刘晓文，女，1967 年 12 月出生，中共党员，大学文化，1989 年参加工作，现任黑龙江省泰来监狱机关党总支副书记，齐齐哈尔市作家协会会员，泰来县作家协会理事。

（小小说）

走出麻将馆

当人们还沉浸在春节浓浓的喜悦中时，不知不觉间小草已悄然冒出了嫩芽，春天到了，农村最繁忙的季节到了。村民王大姐把自己偷偷攒好的几万元钱从柜子里拿了出来，一遍又一遍地数了起来，边数边自言自语："这年也过了，马上也该春耕了，儿子儿媳也该来借钱了。"可是等了半个月了儿子儿媳也没来借钱，这是怎么回事呢？儿子可是年年都来借钱的，去年收成和往年也没差多少，这是钱够了？不行，我得去他家看看这地他们到底种不种了。

王大姐和老伴从儿子结婚后就把地全部交给儿子种了，老两口搬到了县里，老伴在市场卖菜，她在家做饭、接送孙子上学，把生活打理得井井有条。就是这儿子儿媳在农村一到秋收，粮食卖了钱就开始整天整宿打麻将。两口子都玩，玩完不是去喝酒就是去歌厅唱歌，一分钱也攒不下，秋收是大地主，春天就是贫农，年年种地都缺钱从家里借。王大姐光生气也管不了，在农村家家户户都这么玩。

不知不觉间王大姐坐的客车到了儿子家的村口，这熟悉的各家各户都开始备耕了，路上跑着各种农用车，好亲切呀。王大姐轻快的脚步走到了儿子家的大门口，这大门紧锁，是不是不干活又跑哪玩去了？哎！我还是去麻将馆找找吧。王大姐心里想着便来到了麻将馆，“老肖，我儿子在没在你家?”“没有啊，你回来了，你没给你儿子打电话呀?”“哦，没有，我就是没事回来溜达溜达，也没啥急事，现在农忙了吧？你家是不是没人打麻将了?”“哎呀，王大姐，你在城里待得什么事也不知道啊？从春节前派出所就开始挨家挨户通知不让打麻将了，谁要是再打政府就该管了，你儿子没跟你说呀？我家麻将馆早就不开了!”“哦，真是这样啊！我儿子说了！可我没想到真能抓成这样啊!”

王大姐真是喜上眉梢，她一溜小跑直奔儿子家的田地，远远便看到了儿子开着大耙轮在稻田里耙地，儿媳用耙子搂着茬子。儿子结婚十年了，没有一年种地不回家借钱的，这麻将不打了看来种地的钱也够了。“还是政府好啊，体恤民情，我们父母管不了的政府都替我们管了。”王大姐站在地头露出了欣慰的笑容。

崔佳敏，女，1975 年出生于泰来县大兴镇，自幼爱好文字、书法，以此为业。希望把文字和书法传承给更多的孩子们。黑龙江省书法家协会会员，泰来县作家协会理事。

父亲的春联

每到春节临近的时候，心中总会莫名地涌起一股暖意。铺开印着龙凤图案的对联宣纸，在浓墨的香气中书写着自编的春联，总会情不自禁地抬头向家的方向望一望。家中的老父亲，是否也如我一样，一样的心情，一样的惦记，一样的盼望着团聚。

小时候，街上没有卖春联的。每到春节，我家就如集贸市场一样热闹，小镇上的大部分人，都会腋下夹着几张打着卷的红纸，穿着厚厚的衣服，唱着小曲向我家走来，把被寒风弄皱的红纸，往土炕上一撂，或热热闹闹地聊着家常，或匆匆忙忙地走远。接下来，就是我和父亲最忙碌的时候了。父亲把乡亲们拿来的红纸，在背面小心翼翼地写上名字，然后裁纸叠格，倒墨，拿起好几本春联书选春联。他会根据每家的情况来写对联的内容，尽量让每一个人满意。选好春联，我就适时地铺上红纸。当父亲的镇纸，父亲特别高兴我围着他左右转着，每写完一副，我就整齐地排在屋里的每一个角落，一副一副，家里的炕上、柜子上、地上，凡是能放的地方都放满了。母亲也会参与进来，拿起墨色快干的对联，到火炉上烤着，以便腾出地方再放对联。所有的对联写完之后,我和父亲还要给每一副对联描上黄色的边。这是细工夫,每次我都比父亲描得多。现在想起来,特别感谢父亲,也许我的书法功底的起源,就是从那时候开始的吧。当所有的对联描完整理完,已经是半夜了,母亲会热点饭给我们吃,虽然没有饺子,没有白米饭,但那时的夜宵是多么纯香啊。第二天,乡亲们便又向我们家走来,取走了满意的春联,留下一句句道谢的话语。也有少数几个做生意的人家,会提着两瓶白酒答谢父亲,父亲也会欣然收下,母亲会真心过意不去地对人家说:“就写几个字,拿什么酒呀！以后千万不能这样了。”

这样的劳作,往往要持续好几天才能结束 。结束的时候,年三十也就来临了。

后来,人们的生活水平提高了,镇里也有卖春联的了,来我家写春联的也渐渐地少了。但我特别怀念那样的日子,那淳朴的乡情,那围着火炉忙碌的情景,那份对生活的热情。

还记得前年,父亲写了一副对联:莫放春秋佳日过,最难风雨故人来 。这是清代大学者孙星衍写的一副楹联,它的意思是:不要让时光匆匆流过,要珍惜美好时光,人生最难得的是,最好的朋友在风雨交加的时候来探望。我看完之后,心中特别难过,曾偷偷地躲到一旁流下眼泪。看着日渐苍老的父亲,他平日里看书、练字、锻炼、买菜,他在精神上不孤独。但在我们不在身边的日子,是否也会感到孤独？不然,一定不会写出这样心境的对联。

“松竹梅岁寒三友,桃李杏春风一家。”“夜月一帘幽梦,春风十里柔情。”“风声度竹有琴韵,月影写梅无墨痕。”“喜看三春花千树,笑饮丰年酒一杯。”很多很多,记忆中已经装载不下。那些火红的带着墨香的有着浓浓情意的春联,也许,在父亲的心中,不仅仅是对仗的整齐,不仅仅是文字与内心的合一,不仅仅是词境与现实生活的叠加,更是父亲对生活的态度和对我们的期望吧。

春节就要到了,我特别期待,当我走进家的大门,守护我们家的父亲的春联,会是什么词句呢？而我更期待,打开门,看到父母开心的笑容,健康的身体,和从小到大一直不变的,只有家才有的暖暖的生活气息。

周亚军，女，1956 年出生，中共党员。1976 年参加工作，先后任大榆树公社妇女主任，大榆树中学、实验小学教师，县政府办公室打字员、文书，县司法局人秘股长，县法院审判员、经济庭庭长、审判委员会委员、党组成员、纪检组长、四级法官。2011 年退休。泰来县作家协会理事。

40 年前我的高考

时光荏苒，日月如梭。如今已年逾花甲的我，无论是在人生低谷还是事业巅峰，无论是在职场博弈还是退休赋闲，每每想起 1977 年我的高考，尘封的往事便如洪水决堤般喷涌而出。那些难忘的日日夜夜，也化作一幅幅亮丽的风景，完美着我的人生旅程。

1956 年 8 月，我出生在泰来县城，1963 年随父母的几次工作调动辗转到大榆树公社，1972 年初和姐姐一起高中毕业的我到前程一队插队务农，那年我不满 16 岁。

1974 年暑期，我接任了大队团总支书记职务。1976 年 8 月，我被调到公社任以农代干妇联主任，仍然是农民身份，每月 32 块钱工资交到大队，每天记 10 分，年终参与大队分配。粉碎“四人帮”以后，听说以后农代干不予转正了。正当我忧郁迷惘，感到前途未卜之际，1977 年 10 月 21 日，《人民日报》刊出高等学校恢复高考的消息，并配发社论《搞好大学招生是全国人民的希望》。万分激动的我马上找到公社党委书记，要求参加高考，书记低头沉思片刻，抬起头来严肃地对我说：“参加高考可以，但是不能请假，不能耽误工作。”我一拍桌子站起来说：“可以，一言为定。”

由于高考突如其来,随之复习也很紧张。考什么专业,如何备考是难题。距离高考只有一个多月的时间,高考距离我高中毕业已经七个年头,且小学三年级四则混合运算还没学完"文革"就开始了,上学大多是学工学军学农,文化知识少得可怜。所以,只能是靠死记硬背报考文史类。姐姐从哈尔滨给我弄了一套油印的语文、地理、历史政治复习资料和相关的课本。我当时包的保民大队离家十多里路,每天晚上农民收工以后,我就戴上一顶狗皮帽子,背上装有复习资料的军用挎包,骑着自行车跟头把式地一个多小时到家,一杯浓茶顶到凌晨三四点钟,衣不解带地上炕眯一会儿,马上起床洗漱吃饭赶回大队。有时赶上生产队政治学习搞辅导和周班子(就是生产队打完场,有的生产队长就撂挑子,包队干部经常利用晚上时间做其思想工作),到家就得十一二点钟,顾不上休息一会儿,马上挑灯夜战。有时白天派饭到老乡家,没等饭菜上桌就靠墙睡着了。那时对自己来说真是空前绝后的拼搏,或读或背或抄或做题。我曾经用两个晚上的时间采取自出题目自作答的形式,把华国锋那篇占《人民日报》三大版面的国庆讲话要点背了个八九不离十,并凭此取得了政治考试的好成绩。

11 月初试,12 月复试,此后是漫长的令人心焦的期盼和等待。1978 年 3 月,等来了县教育科有关克山萌芽学校泰来分校物理专业要不要读的通知,不禁茫然若失,很有《三国演义》中曹孟德吃鸡肋的味道。

1978 年 5 月 3 日,一个阳光明媚的早晨,我带着梦想和追求,带着强烈的求知渴望,走进了校园,走进了课堂。第一次班会上,黑板上写着这样几个大字:把失去的时间补回来!

高考,包括成人高考为我的人生打开一扇心灵之门,展示一片崭新的天地。我的成长,乃至每一个社会角色的转换,正是靠高考得以实现。如果不参加高考,我或许是一名村妇,或许是一名公务员。但是法庭上法槌铿锵,言辞犀利,正义的审判,公正的判决,彰显出人民法官的威严与自豪;惩恶扬善,生杀予夺,鞭挞邪恶,弘扬正义,表现出法院工作的圣洁与崇高。我热爱法官的职业,我崇敬法院的工作,我为自己曾是一名人民法院的人民法官而骄傲。

高考,包括成人高考,让我从迷茫中找到了一些信念和具体的目标。虽然这些信念和目标指向的不是什么了不起的未来,只是平凡,但是这平凡却是具体的、实实在在的,我的人生因这平凡而变得充实而有价值。

徐步,女,1968 年出生,高中毕业。泰来客运中心退休。现为县作家协会会员。

湖畔二三事

我今年 50 岁,5 岁的时候,妈妈单位分家属房,于是全家喜迁新居。一排崭新的砖瓦房毗邻农贸市场,临街第一家,因院子里有变压器没有人愿意要,妈妈留下了。她上班近,买菜方便,做饭时现买菜就赶趟,近得就像到自家的仓房去取。

从狭窄的街道向东走去,是稀稀落落的几排民房,每排约有住户五六家。然后就是泰湖了,那时还不习惯这个名字,人们都叫它东碱泡子,我叫它“东边儿”。

如果说现在的泰湖是一块璀璨的美玉,东碱泡子则是块质朴的玉石,虽然粗犷,却让人充满遐想,它神秘、静谧、深邃,我常常望着对面出神,不知道它的尽头是哪里。

泰湖,它见证了我童年的快乐。说快乐,是相比较而言的,我小时候是个“哭巴精”,幼小的心灵里装满了忧愁,好在不像现在的孩子们要写很多的作业,要上很多的补习班、特长班。我就喜欢到外面疯玩,或许前世是男子,我不喜欢女孩子玩的跳皮筋、丢手绢、过家家,常常和几个男孩子去东边儿。

小街的路大概没垫几年,我记得那时候的路又好玩又刺激,双脚踩上去软软的,特别软的地方让人有点担心,不知道下一脚会不会踩出泥浆来,从这样软颤颤的路面踩过去，走不了几分钟就是草甸子，绿油油的青草，草丛中散落着美丽的野花，黄的、白的、粉的，和着清新湿润的空气，不尽情地玩耍还能做什么？有时蹲在一湾水旁，看里边的蝌蚪，无论看多久都不疲不厌。有时听到一声喊，那是谁发现了草丛中的野兔，我们几个孩子便嬉笑着、奔跑着去追，直到再也看不到它才停下来。还记得有一次，我看见地上有一只从树上鸟巢里掉下来的幼崽，肉肉的，嫩黄的小嘴，稀疏的绒毛，眼睛还没有睁开。我把它放在手心上，叫洪波过来看，他也是第一次看见这小东西，我们观察它好久。后来听到头顶上的麻雀着急的叫声，才让擅长爬树的东文把它放回了鸟巢里。

现在的端午节，除了吃粽子、家庭聚餐之类的，实在没什么意思。以前却不一样，节日头天晚上，我们便结伴去东边儿。那时的湿地、草地、树林要比现在的面积大好多好多，采艾蒿，采野花，扎成一束束的，再绑在树枝上，回来后迫不及待地插在各个门上、窗上，再挂上我们自己亲手叠的各色葫芦，一直玩到天黑。之后就开始盼着第二天早上的好吃的，吃馄饨、鸡蛋羹、咸鸭蛋，反正攒了好多天的各种蛋集中吃，然后挑几个煮鸡蛋和伙伴们一起磕，比谁的鸡蛋是最结实的，哈哈，直到现在，吃煮鸡蛋的时候，也仅仅是喜欢那“啪”的一声磕破它。

秋天，我们常常去搂柴火。遍野的金黄，用长长的耙子搂，再扎成捆，要做一冬天引炉子用的引柴 。我没有家里给的活计，只是疯跑着，疯跑着……

冬天，湖畔很荒凉，光秃秃的，无遮无拦的，格外冷，可我们照样有的玩。离岸边不远，有个大坑变成了垃圾堆。伙伴们用专用的“小挠子”，从灰堆里挑煤核，我依然是不往家里拿的，只是帮他们捡，只是玩，只是看远方，在清醒、旷达中享受那份宁静。

现在的泰湖美不胜收，游玩的人也多了，附近低矮破旧的房屋也变成了高楼林立具有现代化气息的社区，名之“湖畔新城”。和晚上的热闹相反，早上三四点钟的泰湖，格外清爽迷人，我们带着刚刚从市场买来的泥鳅，走向泰湖深处，一番祈福之后，看它们悉归湖水。看着这些即将奔赴油锅热汤的生灵，欢快地游走，在场的人无不欢欣得眼含热泪。

泰湖是可爱的，泰湖变得越来越美丽。湖畔边玩耍着长大的小女孩儿，曾经那么毫不经意地挥洒着时间，她以为一辈子很长，哪里知道生命会如烟花般一闪而过；她以为女人过了五十岁以后该没有什么意思了，哪里知道好好读书，好好做人，是一辈子都读不完、做不完的啊！

夏萍，原名王桂莲，女，蒙古族。1994年毕业于齐齐哈尔师范学院艺术系。曲作者，歌手。县文化馆副研究馆员，中华榜样论坛形象大使，国际诚信节推广歌手。泰来县作家协会会员。

一 盏 灯

在儿时的记忆里
有一盏灯
在心中熠熠发光
于是
身体就长出了翅膀
朝着那光飞呀，飞呀
不知疲倦，不怕挫败
心中充满了希望
身上有用不完的力量

长大以后
那盏灯仍然在前方
我仍然顽强努力地
舞动着翅膀
可那希望的光芒
却变得
忽远忽近
忽明忽暗

阵阵迟疑和失望
让我
多少次要放弃梦想

我
不能失去那盏灯啊
否则
我会更加迷惘
无论征途有多少
泥泞坎坷
雨雪风霜
我都会执着前往
因为
那是春天的明媚
那是太阳的光芒
呼唤着我的心灵
——振翅翱翔

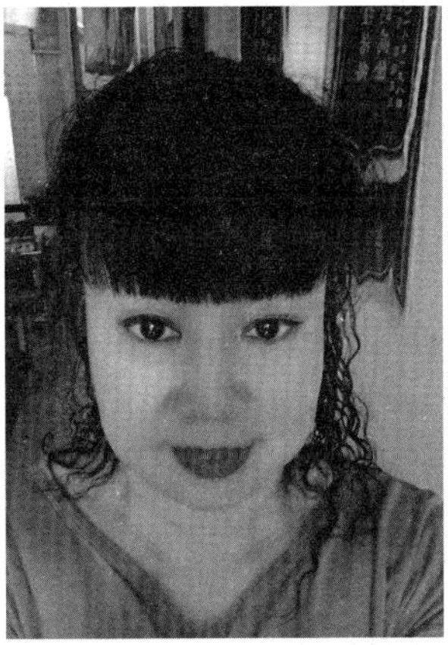

才玉平，女，汉族，出生于1969年。1990年毕业于齐齐齐哈尔医学院，曾在农机医院工作。2007年自主创业（大自然养生会馆）。泰来县作家协会理事。

幸福一家人

最近，总想写点小文章，写什么呢？记不住是哪位高人说过，写东西最好是写自己熟悉的人和事。那我就写一写自己的家人吧。

我的老家在宁姜。父亲是退休教师，母亲从事家务。父母今年都77岁了。在我的心目中，他们是天底下最伟大的父母，是最可爱的父母，是最值得尊敬的父母。可能是因为他们的榜样作用在我心灵中的作用太大了，尤其他们那种吃苦耐劳、勤俭持家、对子女甘于奉献的精神。这些早已在我心中打下了深深的烙印，是我一生工作生活的座右铭。

记得我刚记事的时候，我们家是在宁姜新兴村。父亲在小学当校长。那时家家小孩比较多，所以学校也大，学生也多，老师也多。我觉得父亲很了不起，十几个老师，几百个学生，爸爸怎么管得那么好呢。

妈妈虽然没有工作，但精明能干、吃苦耐劳。1980年在村里是我们家第一个住上五间砖瓦房，第一个开食杂店，第一户家里有彩电。勤劳的妈妈很有经济头脑，我家的小菜园也很大，小菜园种大头菜、大白菜、大葱。一到秋天，附近泰来农场的人都纷纷来我家买秋菜。有时，我也去周边的自然屯去卖小葱。每年食杂店和小园的收入有三千多元,相当于爸爸两年的工资收入。为了让我们的生活更好,父亲还在下班后、周天休息时,尤其是寒假期间编席子卖。当时,我们就比别人家的孩子吃得好,穿得好。

因为爸爸工作认真,学校管理得好,1981 年调到乡中心小学担任校长,距我们家住的村大约有三十多里地。爸爸很辛苦,每天不管刮风下雨都骑自行车上下班,一干就是九年。那时,都是土路。有时下完雨后车子骑不了就扛着自行车。后来我爸爸又被调到中学担任校长,我家也搬到乡所在地,接着开食杂店。店里的收入比在新兴时增加了十多倍。爸爸在中学退休后,和妈妈经营食杂店。

2006 年,父母从宁姜搬到县里居住,现在已经十年了。现居住在泰湖之滨的一个小区,老两口身体很硬朗,感觉很满足,很幸福。哥哥、姐姐、妹妹有时间都经常回家看望二老。我虽然每天都很忙,但挤时间也尽量争取多回家和他们聊聊天。他们的幸福也是我们做儿女的最大心愿。

爸爸妈妈养育了我们六个子女,我有两个姐姐,一个哥哥,两个妹妹。可能是受爸爸妈妈的熏陶,每个人都很自信,很能干,勤俭持家。每个家庭的生活都可以说比上不足,比下有余。我们都觉得很好,生活得很幸福。我们的下一代已有四个参加工作了,一个上大学,一个读高中。我大姐家、我哥哥家已有第三代人了,可谓人丁兴旺啊。

我女儿王璐琦大学毕业已经上班一年多了,在天津一家央企工作。我在农机医院工作了 20 年。虽然单位解体了,但我也很感谢农机医院。20 年里我练就了一身的本领,为自己创业奠定了坚实的业务基础。目前,我的大自然养生会馆,每天的顾客都络绎不绝,带来了经济效益的同时,也带来了社会效益。我开的虽然不是医院,但愈来愈多的人从我这里得到了健康。开业以来受到了全县各界人士的广泛好评和认可,是老百姓养生保健的好去处。几年来我一直坚守在健康事业的道路上,为了圆心中的那个梦,保持一种尊严,行使一种责任和使命。为了让自己变得更强大、更独立,我一直在努力拼搏。我的人生感悟是,当内心强大、修养、爱心足够时,一个人就成熟了。一个人心智的成熟,比成功更重要。一个人有价值比有钱更重要。

仅以此文献给我亲爱的家人们。

李印权(曾用名李荫泉),1939 年 5 月出生,中共党员,大专学历。曾任中小学教员,县教师进修校研究员,乡宣传干事、公安特派员,县公安局侦查员、秘书科副科长,县政法委调研室主任、机关党支部书记,县综治办主任,县法院调研员、审判员、法庭庭长。泰来县作家协会、诗词协会、桑榆诗词协会会员。

记县作协诗协文学大讲堂(外七首)

游子怀才省故乡,两协盛待设文堂。
淑琴现身说积累,远方悟道写华章。
明远激情论写作,学章爱才授秘方。
老师诲人无倦意,文友求知挥笔忙。

纪念毛主席诞辰 124 周年

马列活学培育党,初心为众打江山。
步枪小米驱倭寇,机动游击灭蒋顽。
反腐倡廉真本色,治党肃政育清官。
一代伟人千秋业,光辉思想万代传。

赞我县光明寺

辉煌寺院屹东山,翠柏苍松映彩檐。
碧水青峦环宝寺,金声玉润诵经篇。
霭烟袅袅迎宾客,钟鼓沉沉结善缘。
悟道参禅知果报,庄严宝刹保平安。

和栾石玉《致印权李叔》

三柳赋诗赞老身，双节读罢倍觉亲。
诗坛不弃施援手，文友相携壮笔痕。
一盏春茗弥见晚，数杯老酒知情深。
时迁三载回眸暖，学律留芳壮晚春。

祖　国　颂

——有感十九大

蓝天红日好江山，绿水青田美故园。
领袖杰出党伟大，祖国强大政清廉。
兴军建武长城固，治党强身基础坚。
一带一路惠天下，五湖四海竞争帆。

中式台球谱

绿茵战地起烽烟，十五筹码夺洞天。
人各一方争上下，兵分两阵坐江山。
心神不二瞄准点，手眼合一运稳杆。
醒脑健身得愉悦，以球会友享天年。

习草书感悟

汉字草书古贤功，缩简带连部首通。
顺逆萦回依体势，撇横点捺讲呼应。
筹谋个字遵章法，运转诸划分重轻。
草法龙蛇流韵美，中华瑰宝有传承。

泰　湖　晨　景

晨风吹皱一湾水，旭日挥成万点金。
携仔野鸭荷叶戏，游人赏景聚湖滨。

刘敬芝,1951年出生,1968年毕业于泰来一中。泰来县作家协会、诗词协会会员。曾荣获泰来县第五届端阳诗会二等奖。2017年庆三八女子文学征文比赛二等奖。

【轱辘体】我伴枯荷枕雪眠(外七首)

我伴枯荷枕雪眠,铺冰卧玉露羞颜。
回眸追忆塘前影,千朵莲花睡浪间。

残蓬并蒂傲霜寒,我伴枯荷枕雪眠。
淡雅清新添素色,谁执画笔绘花仙。

独赏纤蓬卧玉潭,万花落尽赴尘缘。
香枝残蕊迎寒舞,我伴枯荷枕雪眠。

赞才女徐巍

心灵手巧占鳌头,人品才能胜一筹。
抚草养花情趣雅,截图采景美篇优。
精裁细剪红宣靓,浅唱低吟墨迹留。
协会同人齐赞赏,泰州佳女誉春秋。

喜迎十九大

喜迎盛会沐吉祥,崛起中华硕果香。
丝路贯通牵四海,航母下水闯西洋。
廉洁清正江山美,国富军强社稷昌。
虎跃龙腾齐筑梦,振兴华夏创辉煌。

题《秋韵图》

清霜染赤叶三千，几树红枫锦绣添。
待到秋风拂翠色，万株绛影漫群山。

泰湖美景

草绿芦青百鸟忙，红莲摇曳满池塘。
鸭群嬉戏多生趣，鹤影徘徊恋碧乡。
雨润芳花花色艳，风吹杨柳柳丝长。
天高水阔轻舟荡，大美湖光醉四方。

岁　月

岁月如梭倍感伤，星移斗转太匆忙。
青丝挽起春华梦，白发梳回豆蔻妆。
往事如烟思往事，时光似水抢时光。
拜师学艺识新韵，花甲之年墨更香。

重阳赏菊

九月重阳赏丽葩，幽香四溢满天涯。
纤纤细叶清风骨，淡淡秋霜蜡染花。
泼墨挥毫情趣雅，吟诗作画品德佳。
金菊酿酒千杯醉，快乐夕阳伴晚霞。

城市娇花

风曳浓情媚众芳，纤纤玉蕊暗送香。
红巾遮面斜枝俏，桃粉梨白笑越墙。

杨忠杰,1952年初中毕业,同年参加工作(六三农场知青)。1970年调省劳改局革志监狱武装小分队任班长、排长、司务长、副指导员。1971年调泰来监狱历任管教干事、副科长、科长、监区长,党支部书记。大专学历。政工师,一级警督。泰来县作家协会会员。

忆儿时小年(外六首)

清尘除垢刷白墙,扎马做枪送灶王。
为祈天宫言好事,麻块粘封口含糖。
监审督察三六五,备案化仙呈玉皇。
劝君莫做亏心事,上界难饶贪吏狼。

年　来　了

——腊八感怀

腊月初八年门开,归仓五谷香粥排。
江南明媚春报晓,关东寒极护暖腮。
立杆挑灯窗花剪,做衣宰畜搭戏台。
最欢莫过孩提笑,新装爆竹压岁财。

不该忘记的日子

——纪念毛主席诞辰日

山河破碎军阀战,巨手挥戈岁峥嵘。
世界有你多光彩,人类顽敌拜下风。
老蒋善言知谢罪,华夏千秋颂恩公。
庆幸亲目伟人面,自傲回眸告后生。

有感重阳

今唱重阳秋见深，润笔舒怀乐自寻。
闪亮年华成记忆，可念故事早退新。
拒留岁月催人老，戏数银丝又几根。
苍天无情我善待，凭借多趣长精神。

贺迎十九大

光点南湖夜辉明，金镶锤镰唤工农。
神州贺迎十九大，华夏颂党近百龄。
开基创业乾坤朗，民族国梦又复兴。
前辈鲜血着赤色，牢记初心护旗红。

纪念第108个三八妇女节

——讴歌女性

深闺红粉去梏枷，抗争求取自由花。
巾帼无肯须眉让，壮举名赫亮中华。
九天飞船揽星月，五洋海底戏鱼虾。
古今神州多奇女，文坛挥墨显娇娃。

想念母亲

——有感母亲节

如梦人生已步秋，想母更切古稀头。
堂前儿孙布丰宴，寄思旧照泪怎收。
羔羊跪乳知恩拜，敬老心顺别无求。
我辈娘亲多作古，孝妈有节遗憾留。

张立志，中共党员。1955 年 6 月出生。南京工程兵工程学院毕业。曾任沈阳军区 81816 部队通信连卫生员、文书，沈阳军区 81812 部队参谋，哈尔滨铁路局检察院高级检察官。泰来县作家协会会员。

衣食住行玩之——住

年初，我即着手《衣食住行玩》系列短文，并先后完成了衣、食、行、玩等篇，对“住”篇，毫无头绪，所以，拖了很长时间。

住者：止也、立也、居也。(《康熙字典》)

居也，刻骨铭心，我魂牵梦绕的老房子，我赖以度过童年美好时光的老房子。

老房子，泰来镇先锋路一委二组，门牌 15 号，临街房。具体位置在小十字街与老占家小铺中间，道北。

现在看老房子，普通得简直寒酸。土坯房，矮矮的，似乎双手一撑就能上房。

老房子仅一间，典型的“下窖”式，地面比外面的马路至少得低一个标准台阶的高度。按理说，这样的房子到雨季，最担心的应该是倒灌雨水了，可我家及邻居却无此担忧，因老房子地势高，不管下多大的雨，只要在门前稍加防护，雨水马上便东西两向，顺势流走了。

我记事的时候，对门邻居是李家，先后换了王家、韩家等，均与我家和睦相处，相互走动、接济。与对门中间的一间称“外屋地”，两家共用。“外屋地”前部是灶台，后部放水缸、咸菜缸、酸菜缸。砌个矮墙围煤，放劈柴，上面则堆积一应杂物。

我念旧，每次回家乡，总是特意绕路，去看一看老房子。甚至有一次，竟冒昧叨扰了当时的房主，进屋看了看，坐了坐，顿感内心得到了极大的满足。

老房子充其量也就 15 平方米，一铺炕，长 3 米。真难以想象，当初一家 8 口人，怎么安排睡觉？一个吃饭炕桌，印象也就半个平方大小，一家 8 口人，吃饭怎么排座？

对老房子记忆深刻的当属我家的一对樟木箱，每次打开箱子，都能闻到清新的味道。据说还有防腐、防虫之功效，箱面牡丹花和小鸟的图案特别漂亮。其次，便是烧煤取暖的炉子了。因为妹妹、弟弟都小，爸爸、妈妈怕孩子从炕上滚落到炉子上，在炕沿做了一个小栅栏来防护。炉子是老式的，就是起三层砖后，放炉篦子的那种。“文革”前，兴起了新式炉子，就是不用炉篦子，平地搭炉子，底层留个孔，直接掏炉灰即可，也挺好用。男孩子，淘气，尤其是搞个破坏啥的，尽管是自家的，也在所不惜。记得 10 岁左右，爸爸在外面干活，对我喊：“小二，把炉子扒喽。”我那个高兴啊，三下五除二，将屋里炉子扒了。爸爸进屋一看，不由分说，把我一顿胖揍！原来是让我把炉膛里的炉灰清出来，可我把炉子整个扒了，不挨揍往哪跑！

我在齐市乡下姥姥家待过很长时间。姥姥家的老房子是土坯房，满族格式。烟囱奇特，不在房顶，而是延伸到房子的西侧，距房子有一两米远，足有两人合围粗细，高度也几近房高。进屋后，是三面圈炕。南炕西侧显要位置放置高大炕琴，炕琴上放置被褥。所谓炕琴，即标准的满族木柜，双开门，中间上锁部位有一四方立柱，双开门外沿中间位置，分别镶嵌两块蛮厚的半圆形黄铜板，还有相应黄铜板装饰挂件及带孔铜柱，用以锁柜，锁的具体样式已记不清了。

那里的居住习惯，深受满族生活方式的影响，干净、利落。做饭的灶台，每日洁净如新，丝毫看不到烟熏火燎的痕迹。因为每顿饭后，家庭主妇都要用稀释的“白土”来刷新灶口。

弹指一挥间，半个世纪过去了。

如今的居住条件，已发生了太大的变化。高层、复式楼，早已进入寻常百姓家。更有一些先富起来的人，又返璞归真，营造乡间别墅，回归田园生活，真怨不得我们工薪狗赶不上时代的节奏喽！

张淑君,1952 年出生,1968 年毕业于泰来二中,1969 年下乡到六三农场,1973 年到图牧吉任教,1999 年退休于泰来镇第二小学。县作家协会会员。

贺十九大召开(外七首)

召开盛会喜空前,不忘初心谋巨篇。
华夏复兴承使命,和谐国运万民欢。

学习十九大感怀

辉煌盛会谱新篇,驾驭航船破万难。
瞩目未来宏画卷,复兴华夏再扬帆。

新春贺岁

雄鸡辞岁啼破晓,金狗迎春步步高。
国泰民安天下旺,日新月异乐今朝。

冬日宴友

(一)

绿蚁新醅酒,红泥小火炉。
暖棚摘紫叶,羊肉待新厨。
烧烤充年宴,文朋入木屋。
晚来天欲雪,能饮一杯无。

（二）

绿蚁新醅酒，红泥小火炉。
桌前驰翰墨，月下赏流苏。
邀友谈诗事，抚琴志气舒。
晚来天欲雪，能饮一杯无。

（三）

绿蚁新醅酒，红泥小火炉。
临窗期老友，望月在归途。
击板长歌起，吟诗雅趣足。
晚来天欲雪，能饮一杯无。

忆母亲

夜深检点旧衣箱，物是人非倍感伤。
夹袄曾留慈母印，棉服犹带指痕香。
剪裁细细情还在，针脚纤纤线也长。
往事悠悠思倩影，云边地上探无方。

鸭趣图

鸭妈前面美翩翩，幼崽穿行绿叶间。
一众精灵连串秀，姗姗嬉闹浪中玩。

半命柳

往昔街柳郁葱茏，春夏秋冬韵味浓。
何故有人添祸患，哪能一树半枯荣。

母校门前遐想

一别母校五十载，眷恋依稀梦里怀。
少小学习常怕苦，老来努力敢登台。
而今又见新楼矗，往日曾觌旧楼排。
我欲推门心忐忑，离开进去复徘徊。

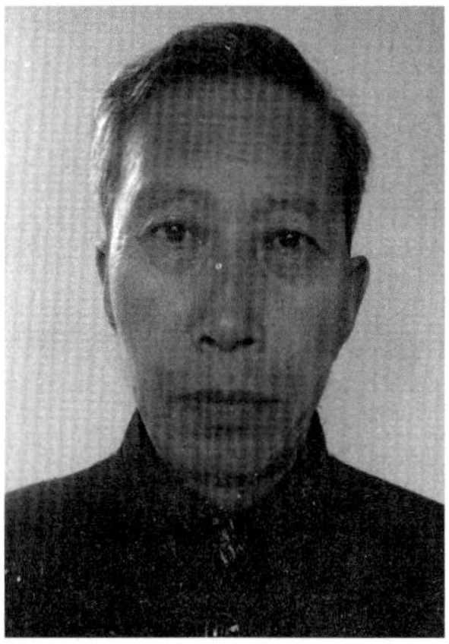

郭景贵，笔名郭秋实，汉族。1959 年 12 月出生，高中学历。泰来县作家协会会员，出版长篇小说《总是一往情深》。

那 年 那 月

人的一生最让人难忘的事莫过于进学堂。我记得刚上学的时候，奶奶用手针精心地给我缝制了一个红布书包。那时不像现在商场出售的各种款式的低中高档书包，每个孩子背的书包清一色都是简单得不能再简单的纯布料书包。奶奶为啥给我缝一个红色书包呢？奶奶说："红色喜庆！"于是，我天天背上"红"书包，高高兴兴地向学校跑去。其实，学校与我家仅有二十几米远，下课了，我有时都要跑回家喝口凉水或有什么好吃的趁机再吃上一口。离家近就是便利，有的同学很羡慕我，说离家近就是好！因为小，才八岁的小孩儿，总有恋家的心思，时不时地瞅空儿就往家奔。因这，我奶奶总是善言善语地教导我："大孙子，好好上学啊！别老往家跑！"

因为贫穷，学校还没有像样的课桌课椅。起初我们一年级的"课桌凳"就是用土坯码成的一个个"垛子"，然后长条木板子平放在高垛上当"桌"；放在低垛上当"凳"。我们这帮孩子就是在这种艰苦的条件下学习、生活，但我们个个都不觉得苦，仍然活泼欢快。因为小，又特别淘，课间，我们几个男生因为抢一个毽子而滚成一团，抢来抢去，不慎压翻了"坐"板，只见木板一头高高翘起又落下，就在这一落下时，不算太厚的木板(有三四厘米)将我的胳膊砸成重伤,很快红肿了起来,幸亏没骨折。我在家养了一星期的伤,我那敬爱的老师天天下班到我家给我补课,这一幕让我永生难忘!因那个时代的孩子没有那么多的娇气,思想单纯,对环境没那么敏感,所以每当老师走进教室,我们学生都是一如既往地、自觉地站立起来,大声地说:"老师好!"然后坐下掀开书包,掏出书本笔,目视前方,专注地听老师讲课。课余时间在外面"疯"累了,就回到教室,将我心爱的文具盒,拿出来,细细地端详。虽说文具盒有些破损,但并不妨碍我对它的欣赏,并且不厌其烦地看啊看。因是我姑姑用过的铁皮文具盒,自然情感上我愿意接受。盒盖上印有"上海外滩"景。那时小,看不懂印的是什么地方的景色,但高矗的大楼,黄浦江荡漾的波浪,都让我幼小的心灵世界有一种憧憬,一种渴望。

后来放寒假,学校校长找来几位木匠,开始将我们教室里的"课桌"进行加工、改造、重组。因为离学校近,没事儿的时候,我就溜溜达达地进了教室。应是因为我小的缘故,木匠师傅逗我玩时,便举起一个桌侧框,对我说:"你把这个拿去当冰车玩吧。"虽然我明知道人家是在逗我,但我心里还是很眼馋,那恰是"标准冰车"框子的料,结果可想而知,东西没得到,但转而一想:冰车可以自己做,课桌可是我们这帮孩子的必备之品,学习帮手啊!因我脑袋"笨",对算术100以内的数,数起来一直不过关,总是数不到100。有一天,我奶奶领我去大兴镇我二叔家走亲戚。到了晚上睡觉时,做了一个梦,梦里我终于会数100个数啦!我醒来后兴奋地跟奶奶说:"奶,我会查100个数啦!是我做梦梦会的,嬉嬉……"慈祥的奶奶抚摸着我的小脑袋瓜,微微地笑着说:"大孙子能耐!"我看着奶奶的眼神,是柔柔的。现在想来,奶奶的眼神一定是希望我长大成人,做一个有用的人。

我们学校是解放前的"村公所"遗留下来的七间土坯房,年久失修,檩木弯朽,房墙下沉,低矮不堪。在我小学毕业的时候,智家围子小学校终于有了十一间新校舍,虽然仍是土坯房,但比起过去的校舍不知要强上多少倍。时隔多年,村上的农机站解体,腾出来二十二间砖瓦起脊房,经重新间壁、装修,一所崭新的小学校展现在人们的面前。每每我看到儿时的母校,心里总是有一种感恩之情油然而生。我为什么感恩?我为什么总是向母校投去眷恋的目光?因为那是我人生智慧启蒙的灯塔,那是我人生启航的港湾。

2017.12.1

刘世忠,1959年出生,初中学历,下岗工人。县作家协会会员。

1974年,投入文学创作,擅长创作现代诗、散文、报告文学等。1985年至1988年,有16篇作品分别发表在《北京诗刊》《北疆文学》《辽宁青年》等刊物上,其中散文诗《我赞美红梅》荣获辽宁青年优秀作品奖。

我的工厂岁月

1977年,我刚满17岁,由于父亲去世得早,家里的重担都落在母亲一个人身上。母亲因劳累过度,落下了严重的风湿疼痛病根,基本丧失劳动能力,家里生活十分困难。光靠国家每月补助的几十元生活费,根本养活不了这七口之家。初中毕业,我被劳动部门选留在城里参加了工作,走进了机器隆隆的工厂。我刚进工厂,做一名学徒工,每月工资18元。当时还是国家计划经济年代,这18元对我们这七口之家来说,真是雪中送炭。母亲激动地说,还是共产党好啊！母亲很认真地嘱咐我,孩子,要好好工作,要为国家、社会多做点贡献。在工厂里,我做过烧窑工,开过推土机,还做过维修工。由于我爱好文学创作,还擅长写毛笔字,被厂团总支调到办公室搞宣传工作。

1980年冬,我被调到县酱菜厂工作,这是我在人生道路上,一个最大的转变,也是我一生中最难忘的岁月。1981年,被厂派往山西太原学酿醋技术。在太原我遇到了我从事酿造行业的一位恩师——李庚辰师傅。他1893年出生在江苏省镇江一个贫苦农民家庭,16岁独自一人,来到镇江城一家酿醋作坊做学徒工。满徒后,他回到了家乡,凑了一些银子,带着父母一家来到太原城,租了四间破旧的草房,建起酿醋作坊。他酿出的醋酸甜适口,回味绵长,很受当地百姓的认可。从此,他的名气传遍整个太原城,他的生意由此火起来。解放后,李庚辰师傅在太原一家调味厂担任技术厂长,离休后,一直被这个厂家聘用。李师傅对我这个从东北来的小伙子非常热情。在技术方面,他从理论到实际操作,给我做认真的讲解,又从工艺流程各个环节到发酵周期手把手地进行指导。经过一年半的时间,在李师傅的精心指导下,我掌握了酿醋技术。1983 年我回到厂里,担任生产技术员,兼食醋车间主任,带领全车间四十多名职工,为厂生产出优质产品销往全省各地,同时也超额完成了生产计划。我多次被县里,工业系统,厂里评为劳动模范、先进工作者,并披红戴花站在颁奖台上。1992 年,经过我们全车间共同努力,克服了重重困难,生产的鹤泉五度米醋,通过卫生、技术监督部门的检验鉴定,产品各项指标合格,准许销售。1992 年秋天,鹤泉五度米醋在齐齐哈尔市第二届观鹤节中,被誉为最佳畅销产品。为此鹤城晚报记者,来我厂对我们食醋车间进行采访,并把我们的事迹刊登在《鹤城晚报》上。从此,我们的产品销往全省各地,以及吉林、辽宁、内蒙古等省区,深受广大用户的欢迎。1995 年,厂进行经济体制改革,实行承包责任制,人权、物权、财权下放给车间。车间所有的工作,由车间主任安排。我作为车间主任,懂生产,精通技术,厂党总支决定由我承包这个醋车间,同时,我为厂解决一批下岗职工就业问题。我承包这个车间以后,对产品进行改革,在前进的道路上,面临着重重困难。一是缺少资金;二是需更新设备。摆在面前的是一个烂摊子。我与全车间职工经过半年的奋斗,克服重重困难,使车间焕然一新,经济效益不断提高。新产品鹤泉老醋王问世了,产品各项指标又一次符合国家技术监督和卫生部门检验标准。产品打入市场后,影响很大,不少新老顾客纷纷上门订货和购买。

2007 年,厂因欠银行贷款,彻底倒闭,所有的厂房和设备被银行抵押。我含着泪水告别了我工作 30 年的岗位,告别了我在这里朝夕相处的兄弟姐妹。在这里我与酿造行业结下了缘分,在这里我与广大顾客建立了深厚的友谊。是他们的支持和帮助,使我在酿造技术上、信誉上不断提高,使我的产品,在市场上得到百姓的认可。

转眼三十多年过去了,每当我走在大街上,遇见那些老顾客时,他们总是主动和我打招呼,对我点头。说一句心里话,我的内心感到愧疚。原因是我们没有把这酿造行业坚持下来,没有把酿造行业发扬光大。我多么希望能有一天再从事酿造这个行业,生产出货真价实的产品,去回报这些老顾客。

2017 冬于沈阳

闫小平，女，大专学历。1962年6月出生于黑龙江省嫩江县，现就职于黑龙江省齐齐哈尔市泰来监狱，公务员。泰来县作家协会会员。

家乡的那条小河

记忆，总也抹不去家乡的那条小河。听大人们说，那是嫩江的一条水线。

记得小时候，每当放学后，就急不可耐地扔下书包，顺着房后那条羊肠小道，来不及看路边的花草，一溜烟儿地向那里跑去。

窄窄的、弯弯又长长的河道，也不知是拐向了哪里。顺着河岸，好像越往前走那河水越幽深，河岸两旁的草也似乎高了许多，略显得有些神秘。我们很听大人们的话，在夏天从不去那河的远处玩。远处的河水深不可测，望不见源头。

我们只在近处的浅水中玩耍，也可以说是一条小河沟吧。清澈的河水，在阳光下闪着波纹。而且，还听得见水流哗哗的声响，看得清水底下各式各样、大大小小的石子儿。小鱼儿在浅水里，三三两两惬意地游玩着。把手伸向它，它却毫无戒备，穿梭于你的掌心，痒痒的感觉。

站在没过脚踝的水中，踩着光滑的石子儿，弯腰摸着来来去去的小鱼儿。二三厘米左右长的小鱼随处可见。我们也时常会捉上几条，还能闻到淡淡的腥味呢。然后，放在小玻璃瓶里，大概能养上个七八天。

还记得河的岸边，是一条很长很宽的大土堤。一到春天，那上面就会冒出蒲公英嫩绿的新芽，好像比小草还要早些。每到这个季节，就开始挖野菜了。只听大人们说，这个季节采摘的蒲公英最嫩，最好吃，还有清热解毒的作用。那时，蒲公英满山遍野，真是取之不尽，用之不竭，一茬接一茬地长，这几乎成了小河附近家家都享用的天然美食。

夏天，蒲公英的花开遍整个大堤，好像一座硕大的花坛。当你走近，抬眼望去，那花儿，毫无一点妖媚之气，却是沁人心脾，到处透着山野的清纯。一片连着一片，一簇一簇的小黄花，朴素地开放着。

此时的大自然真可谓，鱼翔浅底、蛙叫虫鸣、青草幽香、野花盛开、蝴蝶嬉戏、蜻蜓曼舞，好一派无限风光尽收眼底。

到了秋天，花落了。挺立着的花茎，却高傲地托举着盛满蒲公英种子的白色花伞，一团一团的，如棉絮般柔软轻飘。成熟了的花伞，随着徐徐的秋风，漫天地飞舞着，尽情地播撒着新的希望，完全没了约束。那样的景致，可以与飞舞的雪花相媲美，充满了童话般的梦幻。

一到了深冬，那条小河又成了我们的溜冰场所。记得，冰爬犁是我们的首选。跪在那上面，两手紧握着冰钎子，顺着弯弯曲曲的河道，小伙伴们捉迷藏一样地滑着。只到了这个季节，我们才敢往小河的远处玩。河道依然那样窄窄的、弯弯的、长长的，好像无穷无尽。

无论春夏秋冬，小伙伴们经常会爬到小河边的大堤上去嬉闹，兴奋地呼喊着，奔跑着，远远望去，大堤好像与天相接。

五十多年过去了，一直也没有机会回去，听说那条小河在三十多年前就干涸了。现在，那里已是高楼林立，早已没了小河的踪迹了。但是，那条小河、河岸边的大堤，还有那开不败的蒲公英花，却是我记忆里最纯洁、最美丽的一道风景，它悄然地住进了我的心底，让我至今回味无穷。

那条小河从此变成了我永久的故事，讲给我的子孙听，它便是一个美丽的传说。那条小河，留住了我童年的时光，每每想起它，就感到无比的幸福和快乐。因为，那是我出生的地方，那是我的根。

张树明，男，1959 年 12 月出生，农民。1978 年和平中心学校高中毕业后回乡务农。现居泰来县和平镇团结村。黑龙江省收藏家协会会员，齐齐哈尔市江桥抗战研究会研究员，泰来县作家协会会员。

难忘的一天

2018 年 3 月 3 日，东北抗联史专家、著名作家、摄影家史义军兄弟驾车，带领东北抗联密营探察、收藏专家戴福军老哥和我，从昌平出发，一路向北，盘山而上。穿隧道、过峻岭，途经十三陵、怀柔、延庆、河北省赤城，一路风光无限。史义军一边开车一边介绍沿途的山峰、峡谷，甚至每一个小村子。

原来二十几年，他一直在这些景区拍摄、考察、了解当地历史、民俗，走遍了深山峡谷，爬过无数山峰，发表了大量介绍当地民俗文化的文章和摄影作品。

每当遇见山上的管护员他都打招呼，询问村里熟人情况，得知采访过的老人依然健在，他异常兴奋！给我俩讲述当年采访报道的故事。

一位村里姓王的老人，年轻时被日本鬼子抓劳工送到北海道，受尽折磨，九死一生，熬到日本投降，1946 年才活着回到家里。路过老人家住的村子时，看见路边散步的一位老人，史义军还打听：“老大爷，您知道王 × × 还在吗？”老人答应：“他呀，还活着呢！”两人哈哈大笑！史义军用手指着一户人家说：“就是这家。当年我采访时老人还讲述了日本人对中国劳工多么凶狠、多么残暴。”

10点钟多我们驱车来到塞外边关第一城——北京延庆的永宁古镇。

小镇子不大，街道两旁古建筑很多，镇中心矗立着高高的鼓楼。史义军说：“这是复建的，原来的历经百年战火纷飞，早就毁了。”街道两旁做买卖的店铺，生意兴隆。最多的是“永宁火烧”。

古董店有几家，我们挨门进去看看，没有什么像样东西。史义军和老板都熟，谈得很开心。说话间老板拿出一尊玉观音，说是和田玉，花了不少钱请的。让史义军拍照片，说：“你是摄影家，拍摄效果好。”

中午，在永宁火烧饭馆子吃饭，当然吃火烧。我看这火烧外观和烧饼子差不多，中间可夹肉，咬一口，还挺香。吃火烧喝豆腐汤，吃完又买了好几兜，史义军说回家送给邻居。

下午，史义军驾车带我俩去白河堡水库、河北赤城的后城、大海陀以及怀来一些景点拍了很多照片。来到大海陀（平北抗战纪念馆），大门紧闭，只在门口转转。傍晚来到董存瑞纪念馆，纪念馆不开。工作人员说：“凑够十人才开馆！”我说了一句：“当年董存瑞一个人上去炸碉堡，为什么没等凑齐人再上？我们从黑龙江赶来看看心中的英雄，让我们等凑够人？”也许，我说的话感动了工作人员，也许，又来了几位石家庄的参观游客，终于把门打开了。进馆转了一圈，规模宏大，但实物很少。难得一见的是董存瑞的照片和他儿童时期的衣、被都很珍贵。转到西边展台，有董存瑞缴获的两挺捷克式机枪。仔细一看，弹匣是解放军56式冲锋枪的。大家哈哈大笑，原来都是山寨版！

天色渐暗，我们打道回府。一天逍遥，云游了两个省几十处名胜，参观了几处纪念馆。

这一天翻山越岭，辛苦了史义军兄弟。一个人开车、摄影、讲解，兄弟好风采，谢谢好兄弟！

徐永生,1965 年出生,农民,初中毕业。爱好文学和新闻写作,曾任泰来县广播电视局新闻通讯员。泰来县作家协会会员。

乡　愁(外一首)

乡愁
是我老家院中的辘轳
那圈圈缠绕的不止是井绳
还有我对那已过七旬
有一双小脚祖母的挂念
乡愁
是我老家村后那两棵年逾百年的古榆
还有树下纳凉伯父手中烟斗里
为我驱赶蚊虫的烟
乡愁
是我家乡古老的城门
还有破败得没形的城墙
每每路过,似乎还能听到
那片厚重的土地上
传来金人的呐喊
乡愁
是我家乡的酒
那两百多年的窖香

到如今还是飘香不断
乡愁
是我脚下的路
清明回家时总觉得走得很慢,很慢
那荒茔中我的亲人啊
我的梦里总有你们出现
此刻
我泪湿双眼

塔　子　城

生我的那片土地
城墙下
有过我父亲少年时求学路过的足迹
田野中
有我父亲为生活付出的汗滴
无数次
听父亲讲起你的壮观美丽
无数次
听父亲说你的神秘和传奇
我渐渐地走近你
我父亲曾生活过的土地
那古老的城墙,怎么剩下残垣断壁
那几株野草,也压在了初春的冰雪里
我想沿着父亲的足迹
也想看到你昔日的美丽
无奈这一切都随父亲的身影远离
塔子城生我的土地,养育我父辈的土地
你的传奇将刻在我的记忆,就像父亲没有离我而去
你还在我梦里

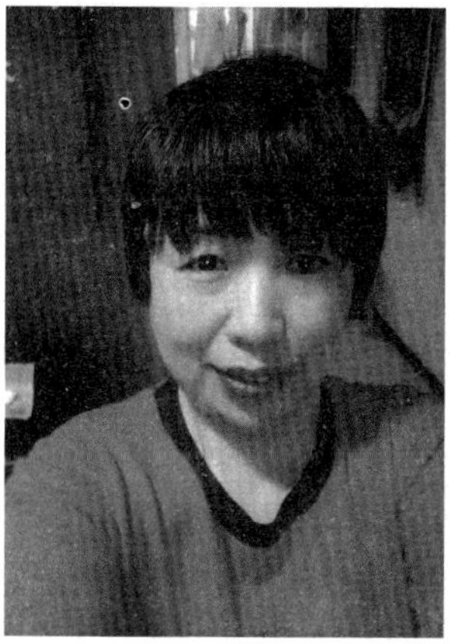

陆艳平，女，1965 年生人，高中毕业。1985 年参加工作，在泰来县农机医院从事护理工作，2015 年退休。泰来县作家协会会员。

书是我和女儿的终身伙伴

我很小的时候就非常喜欢书，那个年代找一本书很难。当时我还很小，到亲属家、同学家、老师家看到有什么书，我都想方设法借到手，好的要看上几遍。因为看的书比较多，也就产生了要写一点文章的愿望。泰来县成立作家协会，又和泰来一些文人墨客有所接触，在文学方面又有所提高。

可能是基因遗传吧，我的女儿也是很小就喜欢书。记得她小时候有很多玩具，她直接就抓书翻。多少年过去了，女儿都已大学毕业，读研究生了。

女儿长大了，我也退休了。社会在进步，各方面都发生了很大变化，唯独没有变化的是我们爱书读书的习惯。

今年春节期间读研究生的女儿又翻书柜找书看了，找了两本刘墉的书，这是她高中的时候买的。当时，我在她放下书学习的时候，也拿起这本书看，后来逐渐地也喜欢上这本书。大学者刘墉的文章让人受益匪浅，现在重读这本书，还真有一些新的理解，受一些新的启发。

闲暇时，我还和女儿一起讨论关于刘墉教育孩子的方法，感觉读研究生的女儿的观点比我的认识成熟很多，她说我读的书是挺多，但是没看透，没有多少自己的观点。女儿小时候我教她读书，现在是她在领我读书。

记得小时候对我影响最大的一本书是同桌买的李汉平的《梦泪梦》，当时被书中人物感动得热泪盈眶。从那时起我陆续读了《青春之歌》《蹉跎岁月》《人到中年》等作品，后来又一点点接触了鲁迅、茅盾、郭沫若、老舍、冰心、丁玲、巴金等等大家的著作。

参加工作以后，阅读面更广了，读了中外古今名著、文学评论、新华文摘以及朱光潜、季羡林等文化大家的著作，书成了我生活中最好的伙伴。买书爱书看书这一习惯也影响了女儿。记得女儿小时候天天让我讲故事，我值夜班比较忙，没有太多的时间给她讲故事，我让她学拼音。我说："拼音学会了就可以自己看书了。"我就教她学拼音，她学得很快，没多长时间就能看带拼音的书了。

女儿七岁那年，她爸爸给她买了一本《新华字典》，她就可以借助字典，用拼音看书了。我先后给她买了安徒生、格林童话等故事书。随着年龄的增长她就自己到我书柜里找书看。

我和女儿最喜欢的一本书是翻译家德兰的自传体长篇小说《求》，这是一部描写三代女性探索人生道路过程中的酸甜苦辣的书。这本书情节时而感人肺腑，时而机智幽默，时而催人泪下。这部书对女儿影响很大，培养了她自主学习的能力。

她小学在泰来镇第六小学，初中在泰来四中，高中在泰来一中（实验班），大学在上海东华大学，研究生考的华东师范大学，现在读研二了。女儿从小学到初中、高中学习始终都非常好，直到大学毕业后以优异成绩考上研究生。我想，在诸多因素中，爱书，爱读书，读透书，应是很重要的一条。

书给我和女儿带来了无穷的快乐，武装了我们的头脑，拓宽了我们的知识面，也拓展了我们的视野。可以说，书是我们终生的朋友，是我们生活中不可缺少的伙伴！

李雪松,1965年生人,中共党员,依安县乡村小学教师。黑龙江省电视艺术家协会会员,齐齐哈尔市作协、诗协会员,泰来县、依安县作协会员,曾在地方广播电台和期刊上发表报告文学《民办教师》《小屯能人》,中篇小说《无悔的相约》,短篇小说《抢险》等作品。

五色土之韵(中华新韵)(外二首)

最美依安韵紫砂,提壶一曲誉天涯。
雕精琢细千年秀,浴火重生四季花。
穿亚游欧香九路,烹唐煮宋溢八家。
陶呈五色娇妍美,七彩人生你我他。

沁园春·依安五色土(中华新韵)

北域风光,吐翠千山,万水荡清。看天鹅颈下,龙腾鹤舞;辽金源上,词韵陶风。紫玉团丹,青花亮彩,陶苑瓷都伴一城。熔娇土,遍玉镶大地,金饰华庭。　五龙如此豪情。引百万英雄竞北征。谓名瓯美釉,灵人圣地;提梁卧虎,跪举伏龙。煜煜一珍,辛辛数载,点土成金千古铭。燃情月,盖亦如五土,浴火重生。

细雨扎龙行

仲夏访扎龙,
细雨伴清风。
天公送美意,
处处五彩亭。
接天芦苇卷碧浪,

不见蛙跳偶闻声。
荷叶田田湖染翠，
莲花朵朵粉娇容。
坡缓桥曲路路挤，
流连忘返忙留影。
陡然红日笑，
豁然开襟胸。
齐奔观鹤台，
兴起脚生风。
鸭惊忙潜水，
鹤舞踏浅清。
展翅白云起，
黑颈顶丹红。
翼峰慢点神飘逸，
低旋娜倩影，
回眸唤我叫连声。
啥？
蒙蒙怔怔，
呀！
身前身后雾腾腾。
啊？
人在白云上，
噢！
是仙鹤带我入天庭。
不是梦！
扎龙看鹤绝妙处，
雨后初晴一刻钟。

谭杰,女,1966 年 1 月出生,初中毕业。泰来县龙妹家政服务中心主任。县作家协会会员。

童　　趣

每个人都有童年,但童年的经历各有不同,我的童年是一个充满趣味的世界,每当回忆起童年,一幕幕趣事便涌入脑海,让我难以忘怀。

在那美好的年代,我做过很多幼稚多彩的梦,因为童年的趣事太多了,它像一串串风铃,风儿一吹它就会发出一串串欢快的声响。

首先,让我回味的是那时的冷和小朋友的形象。记得小时候的冬天远比现在的冬天冷。因为没有高楼大厦,所以经常是北风卷着大雪。那雪像烟一样,在离地面半尺高的地方旋转。顺风都能把体轻的小朋友刮跑。可东北的小孩天生不怕冷,连手套都没有,出外边要么两手操袖,要么放在肚兜里。我记忆中有很多小朋友都有冻疮。小手一伸全是口子,小脸蛋粗糙得像麻土豆。有的男孩冻得鼻涕直流,用袖头一擦,弄得棉袄袖油光锃亮。

记得小时候小朋友都很贪吃,且玩具都不多,只能自找乐趣。当时玩得最多的是藏猫猫。那时家家院墙都很矮,一跃而过,进出方便。每家的煤仓子、柴草垛、猪圈等都是我们最好的藏身之地。伙伴们都屏住呼吸,生怕被人发现当“大和尚”。无论大家怎么淘气,藏到什么地方,家长们都没有意见。可是有的孩子为了藏得更隐蔽，竟藏到菜窖里，这时家长是要吱声的，因为一家人越冬的菜都在窖里，这么一折腾就“坏菜了”。最可笑的是藏在煤堆里，一出来满身煤灰，活像个“灰土驴子”。藏在草垛里的满身都是草棍子。虽然这样，小朋友们还是乐此不疲。大人们看到孩子们一个个像“小鬼儿”似的，也憋不住笑。

最开心的事还是过年。因为过年不管小孩怎么淘气，家长都不会骂。孩子们可以尽情地玩。同时还能穿上漂亮的花衣服和妈妈亲手做的棉花包鞋。妈妈还会给妹妹的两个小辫子合起来盘在头顶，用绫子扎一个大花特漂亮。给我编四股辫或“蝲蝲蛄”辫，扎上彩色的绫子。过年大多家庭都吃两顿饭，饭后小朋友相约出来玩，一个兜里是“毛嗑”，一个兜里是糖，都满满的。一个挨着一个打出溜滑，如果前面有倒的，后面就一串跟着倒。在冰上打滚，毛嗑、糖撒一地，吱吱嘎嘎的玩得不亦乐乎。

还有一件事印象深刻，也是既盼又怕。每到过年的时候，爸爸都会给哥哥、我、妹妹我们每人五毛钱压岁钱。可是想要得到这压岁钱可不容易。初一早上吃饭，哥哥打头，我们毕恭毕敬地站成一排。先听爸爸训话，总结一年的表现，然后提要求，吓得我们都低着头，像犯了错误一样承认、检讨才能拿到钱。

转眼我们已到了当奶奶的岁数啦。生活水平有了很大的提高，享受美好生活的同时，也常常想起儿时的趣事……

李海彬，1966 年出生于泰来县平洋镇东胜村。擅长美术，热爱文学。泰来县作家协会会员。

农家小窗外的秋天

儿日的阴雨初晴，送走了燥热与沉闷。八月暖阳透着清新的绿意，闯进我眼前明亮的玻璃窗。

窗上角垂着油绿色的柳树枝冠，不断伸展显摆着绿瀑布般绵柔的枝叶。太阳总是在阴郁的日子里主导着晴朗，被雨水光顾过的门前又洒满阳光，爬上架梢的牵牛花在湿润馨香中灿烂。小园自家栽种的茄子、豆角、黄瓜，红了几茬的西红柿，依旧被爱人“添油加醋”，偶尔鱼蛋混搭，自得其乐地端上餐桌。儿垄待秋入缸、日渐壮心的大白菜顶着农家院里的太阳，惬意地引来了月白色的蝴蝶为它们添彩。留在相册里和小姐弟俩一起合过影的李树，被撇在园墙根儿，秀着它的粗枝茂叶。也已暗藏不住小脸蛋晒得紫红的果实，尝到了昨日的酸涩，而今，甜甜的叫人喜爱。仿佛雨水洗过似的蓝天，凌空飞翔的燕子穿梭在白云卷舒、明媚无际的蔚蓝里，诠释着它的自由，和我一样，在这个农家小院儿的檐下出巢。

小燕子俨然成了这个小村庄上空电线上起落翩翩、优雅灵动的音符，在农家时而紧张、时而舒缓的节奏里，随意在它的天空鸟瞰。我往返于远处稻地与村庄之间如画的视线里，因忙碌却忽略了时间，时间就这样悄无声息地在碧绿中、花蝶间和燕子翅膀下飞过。

推开窗，早晚见凉。纤细的柳梢撩动着清风，一缕缕寒意袭来，这才察觉到秋天的来临。历经几十年酷暑严寒的我，已习惯了用我的感知去适应身边这和谐多彩的乡村世界。在窗外的画面里，即将呈现出一幅夏与秋的色彩转换。

秋后暖阳持续偏袒着花的炫耀，果的成功。为有白露后的凉风冷夜，却把绿了春、浓了夏的叶片纵容。给沉默许久的绿色在苦寒中注入血性的张扬，任其蔓延着秋的容妆，把最鲜亮的色彩层层展现在原野枝头。转眼间，叶美如花，枝挑云霞。真可谓"金风破寂娇落笔，树蘸银霜泛韶华"的一帘乡村彩卷。

远远望去，田野间被霜染透的树木裹着浓浓的秋韵，色彩斑斓。随风频频漫舞，像是在与我邂逅生命中这叠叠厚重的殷实圆满。

秋风抚琴，回旋一曲思忖慨叹。昨日已模糊在日月穿梭的田园光影里，隐藏在岁月的枝头。叶舞如花的缝隙间窥出散乱的皎洁，镂空出往日失落与圆满的足音。叶落无声，丈量着泥土下的梦想与参天的距离。又似乎向人们讲述生命本无完美。人们却……完美地将身边这转瞬即逝的美好定格在记忆的相册里，来慰藉美好的曾经。使其不忍在遗憾中凋零枯萎，一丝莫名的伤感在心头倏尔划过。不要叹息那溪涧不经意的飘落，谁说不是生命在自然中得以超脱。冥冥中追逐着前行的浪花，聚集在时间的河流里，串联成无数条鲜红的生命之舟；承载着昨日与今日累积的阳光，带着青春的故事，漫出青涩记忆中夏的堤防；驶入了一个叶比花红的境地……

那霜后远方奇异的鲜红，可否就是我失去的曾经？而今，只能在诗人杜牧的诗篇里去揣测着寒山、石径、溪水、枫林，梦境中白云深处的景致与眼前乡村小院儿视野的相同与不同。

秋阳静好，悦然入窗，金柳叶稀影摇。那娇羞的李枝被黛霞吻落一地嫣红，烘托着农家小窗外晚秋的安逸祥和。往日电线上叽叽喳喳的燕子不再适应这里的昼夜温差，已飞往温暖的南方。

我望着小园入场的稻谷，身心已融入片片如花的叶彩之中，陶醉在涂满朝阳与晚霞的嫩江畔、泰湖边和《泰来，我可爱的家乡》甜甜的歌声里。

吴玉芝，女，高中文化。1967年出生，1989年至2000年任泰来县克利镇红旗村小学幼师，2002年任村妇女主任，2007年自办幼儿园。泰来县作家协会会员。

相约春天(外一首)

一场玉洁冰清的小雪，横跨在冬春之间。
肆意的寒风，转身消融，寂寞的纷扰渐行渐远。
站在三月春风的路口，等不及的我正把你眺望期盼，
思念被一缕清风撩起，变得情深义重，彻夜难眠。
美丽的相约，在春天萌动。
你的艳影在我的视线里越发清晰，
我已决定以完美的我与你如约而见。
带着春的气息与花的色彩，张开双臂与你相拥，相伴。
春风习习，细雨丝丝，燕子回归，衔来春的讯息，从眉梢到天边，
用芳香的泥土筑爱的窝巢，开始了屋檐下的呢喃。
天真的孩子憋不住狂喜的冲动，用快乐做翅膀将风筝放飞云外蓝天，
所有的舞动雀跃都因你而欢洽，惊艳。
波光点点，流水潺潺，讲述着一个个唯美的遇见。
春光中，我用深情为笔，缱绻研磨，书写绿色的诗篇。
在一笺绿韵中读你，
那时，我们一起信步田间，细数光阴，浪漫依然。
喜看稻花香里说丰年，
更愿今年花开月正圆。
来吧！春天，你可曾看见，
我的心花开在家乡的沃野，山川。
可你还在犹抱琵琶半遮面，

等风等雨，我在花丛中等你，
只为不负春光，相约春天！

相思那片雪

深冬的季节，有一场雪如约而至。
雪花飘飘，翩翩飞落，
文静，自然，温婉。
洒下一地的圣洁，掠走彻夜的孤单，
驱散寒冬的寂寞，徜徉在银色的大街，
我心狂野，叠起的故事，
过往的岁月，回忆凝眸时依然醉心。
过小桥，上山坡，任凭寒风肆意凛冽。
只为寻找你动情的身影，晶莹，无瑕，洒脱。
仿佛一只只玉色的蝴蝶，我伸开温暖的双手将你迎接，
等你落入掌心，流入心田，
融入血液，默默守望这份简单的快乐。
短暂的亲吻，我读懂你内心的美丽和火热。
你是我心爱的一抹，相思的那片雪，
月下伏案，为你执笔，
写我重逢那一刻的心动，喜悦。
让清扬的文字如雪花飞舞，让飘香的笔墨将思念诉说。
用爱点缀童话般的梦幻，
编织你婵娟的素雅，描绘着雪落梅花的意境，
为你唱响无悔的祝福，我相思的那片雪。

李玉华，女，1968 年 7 月 11 日出生，现在泰来县农村公路管理站工作。泰来县作家协会会员。

我们的芳华

看了电影《芳华》，年轻时的我们做过的那些荒唐又可笑的傻事也都一下子争先恐后地在我眼前情景再现起来……

那时的我们尚待字闺中。

秋高气爽，Y 找我陪她去修鞋，无意中邂逅了她多年未见的一位初中男同学：阳光又帅气！通过交谈了解到，他刚参军退伍回来，已经分配工作，过几天正式去单位报到，并且还是一名共产党员！

在回家的路上，Y 和我不约而同地想到把他介绍给我们的另一位闺蜜 L，觉着他俩一个阳光帅气、一个活泼漂亮，特般配。于是，在我俩的积极努力下，他俩见面了！两个人都还满意，我们圈内人（我、Y、L、T）欢呼雀跃……就这样他俩开始了看电影，约会。而我们这一群他们的好朋友，也都不辞辛苦地投入其中。

如果他俩看电影坐在 2 排 4 号、6 号，那我们这一群闺蜜和他的死党（正巧是我们挺要好的男同学），就齐刷刷地坐在他们的后排，3 排的 2、4、6、8、10 号……看完电影他送她回家，他俩在前面走，我们就都亦步亦趋地紧紧跟在他俩后面……

那段时间的我们,每一天都仿佛过年一般,每个人的脸上都洋溢着兴奋的光。

最后,他俩的交往终于在我们的共同参与和努力下,灰飞烟灭了……

那时的Y,就像我们的一个长姐,无论我们谁处对象都得通过她的审核,批准了才能正式交往,就像多年后我们聚在一起时她说的"年轻时的你们让我操碎了心"。

L第一次带男友来我家,Y正好刚下火车也来我家,穿着那时正时兴的绿色的棉军大衣,一看L带男朋友来了,急忙从军大衣兜里掏出近视镜,一边仔细端详他的五官一边对人家进行"政审",最后一副对对方已经了如指掌的样子,附在我和L的耳边说:"L,好好处吧,这个我同意!"

最好笑的是有一次她带我去见别人给我介绍的一位男士:那次由于她近视镜坏了,一直耽搁着没去配,在路上就一直埋怨自己没抓紧时间配眼镜耽误了大事,所幸的是兜里还留着半片眼镜片以备不时之需!

等到了那位男士的办公室,通过Y的"政审"我们三个才知道原来我俩在一个补习班同学过……谈兴正浓,Y按捺不住,从兜里掏出自己那残存的半片镜片,一边用拇指和食指捏着镜片放在眼前,一边透过镜片仔细地打量起人家来(年轻时的我特别爱笑),看着她的滑稽模样,我终于忍不住笑了起来(来的路上我已警告过她不许拿镜片看人),Y看我笑起来她也忍不住笑起来,而那位男士,看我俩笑他也笑了起来……

青春,就这样在我们的欢声笑语中渐行渐远,一去不复返了……

2018年2月28日

李杰,1970 年 5 月出生。中国清新文化学会、淄博市散文学会会员,泰来县作家协会会员。作品在《人民艺术诗刊》《中国诗赋》《北国风》《黑龙江经济报》《齐齐哈尔日报》,“中国警察原创文学网”等发表。诗歌曾获泰来县“五四”征文一等奖、第二届“金翅膀——中国梦”全国诗歌大赛优秀奖。

一个唤醒冬天的女神

“人生是一个不以生为始,不以死为终的过程。”(黎阳)展现一个青年在求知的历程中是何等积极的心态,在事业的拼搏中是何等豪放的神情!她用“东学西渐”精神光耀民族文化,她用神来之笔写就绝美华章,她用性灵之语弘扬人间真善。也许,在资深作家的眼中,她只是个孩子,可是,人间的奇迹往往就是在孩子的天真与浪漫中开始的。也许,在满是国学的文化中,她只是其中的一隅,可就是这一隅空间却满是奇葩,尽情挥洒,风采翩然,鳌头独占!

她柔性而又任性;她灵性而更理性。她易动情又能抒情;她能生情又能传情。

高山静卧,她可以用激昂崛起其腹中的熔岩,来燃烧岁月;大海浩瀚,她可以用柔情平化其内核的汹涌,以抚慰心灵。

懂得悲伤的人,才知道阳光的珍贵;经得起悲伤的人,才会用阳光温暖别人。经历风雨,而又能欣赏风雨的人,才是人生的智者。因为她懂,所以才有诗意的千古轮回,这就是人们所称赞的她的古典之美。因为她爱,所以才有今生绚烂的色彩,这就是大家所称赞的她的阳光之情。

她从未说过自己忧伤,因为她已把忧伤凝结为诗行,幻化成东来的紫气,渲染朝阳！她从未说过自己坚强，因为她已把眼泪升华成云霞，飘曳于美丽的天空，炫彩蓝天！她从未说过自己放弃，因为她已把灵魂赋予了日月，每天在星际间穿行，不辱使命！她的才华，源自古典与现代的两脉相融，思于哲学与生活的情感交会，成于东方与西方社会的文脉双域。勤奋让她博览古今，聪颖让她思考中外，善思让她满是哲语。天地之广，她看到更多的是深邃；日月之光，她感受更多的是七彩；人世沧桑，她体会更多的是美善。

她的智慧，采撷自然的光辉，凝聚历史的光芒，她可以用文字，任意挥洒阳光的妩媚；她可以用声音，唤醒沉湎迷途的心绪。她的思维的深邃，可以在广袤的宇宙中发散，穿梭于每个星际之间，萃取精华；她的思维的缜密，可以在纳米般狭小的空间凝住，专攻结点。

她的小说语言优美，出自心湖荡漾的涟漪，采撷黎明绽放的晨曦。既是心曲悠扬的高音和弦，又是心恋一方的低音告白；既有性灵的直抒，又有心绪的婉转。山高水远的感动，是情之所依；日彩月柔的相悦，是情之所至。

她的诗歌情意深长，绵绵之处的婉转如百灵之吟唱。把你的精神熨烫得松软舒情，情绪高昂间又似雷鸣电闪；把你的灵魂盲点震撼，让你放下一切的杂念，即刻投入那慷慨并充满强烈激情的气氛中。

她的散文如雨如歌，在思想的深邃中寻找现实的回归，在现实的问卷中给出人性归程的答案。她用涓涓之水，抚慰受伤的灵魂；她用娓娓之语，填平心灵的沟壑。尽管是茫茫宇宙，她依然能捕捉到一个人燃烧于思想与精神的火焰；尽管苍苍天地，她依然能找到支撑中西方共文明的基石，在凡胎与神思的交融里不断展现那傲人的才华与满是哲理的警句。

她的文字，充满理性的思维，哲性的思考，人性的思索。她的文章可读，耐读，爱读。极易引起读者的共鸣，共思，共融。与其说这是一种写作风格的展示，不如说这是一种精神的特质。她的情可以覆盖整个自然，她的情可以融化全部生灵。作为谜一样的女子，她可以穿越古今，同仙语，共哲思。

人生的价值体现，不在于你有多少才华，也不在于你有多少情商。而是你的美丽有多少人来欣赏，给人带来美感的享受；你的才华有多少人来领悟，给人带来心灵的成长；你的情商有多少人来感染，给人带来灵魂的纯净。

她思想如宇宙一般深邃，学识如蓝天一样广博，情感如流水一般细腻。她可以打破空间的维线，她可以裁剪时间的经纬，她可以调节灵魂的音域。澜沧江边的长发飘飘，追忆千年战国的烽烟。希腊天堂海滩的足印，沉思西方文明的起源。

天籁之语，润泽心灵，彩云为衣，绚丽人寰，中西合璧，徜徉玉宇。以阳光普瑞大地，以才情感染世间。

高德生，笔名春旭。1968 年 2 月出生。自由职业。齐齐哈尔市作家协会会员，泰来县作家协会会员。先后在《泰来往事》《记忆不能忘却》《泰来文学》上发表《塔子城酒仙的传说》《乾德门山的传说》《铭记历史 勿忘国耻》等文章和诗词作品。

冰姑娘的传说

很久以前，在北方乡村有一位李姓男子，父亲早逝，家境贫寒。他只能与年迈的母亲相依为命，年过而立还不曾成婚。幸好父亲在离世前给他留下了雕刻的手艺，在农闲时给各村的乡亲们做点手工活，补贴家用，也勉强度日。

有一次，李郎在去邻村一个财主家做手工的路上，路过一片一望无际封冻的冰面，冰面晶莹剔透，他突然灵机一动。他想：如果能用冰做材料，或许也能雕刻出很好的艺术品。

于是，他在闲暇之余就到附近的冰面上手工切割了许多大小不一的冰块，运到家里。过了几天的时间，雕刻出很多植物和动物。因为雕刻精美、活灵活现，所以他的作品很快被乡亲们抢购一空，渐渐他也在本地有了一些名气。各地慕名而来的财主们纷纷请他到自家做活。收入多了，他和母亲的生活也渐渐有了起色。

一次，他在给一位财主做冰雕时，突然来了灵感。他想："各种动物都能雕刻，那么人物不也能雕刻吗？"

说做就做，十几天的精雕细琢之后，一位亭亭玉立的冰姑娘站立在自家的院子里。看上去惟妙惟肖，甚是逼真，一双大眼睛特别有神，仿佛会说话。

次日清晨，他刚起床准备下厨房做饭，忽然觉得有点不对劲，他听到厨房里好像有人。他想："母亲身体不好，每天都是自己做饭，今天母亲怎么做饭了呢？"这时，一位貌美如仙的姑娘从厨房里端出了热气腾腾的饭菜放在餐桌上。他惊奇地问姑娘："你是谁？我怎么没见过你呢？"姑娘此时羞涩地回答说："我就是你亲手雕刻的冰姑娘啊！"他这时才有点缓过神来，说："哦，我说怎么这么面熟呢！"从此二人以兄妹相称。

从那以后，冰姑娘早起晚睡，洗衣做饭。李郎每天早出晚归，不辞辛苦。老母亲看在眼里，喜在心上，生活过得有滋有味。

早春三月。有一天老母亲把儿子和冰姑娘叫到自己跟前，认真地说："你们俩也到年龄了，趁春耕前把婚事办了吧！也了却了我心头的一块大病，我也就放心了。"此时，儿子和冰姑娘相视一笑，没有回答。

傍晚时分，冰姑娘来到李郎跟前，恋恋不舍地说："你对我的好我都知道，可我毕竟是冰化之身，只能陪你一程，不能陪你一生。以后你和母亲要多保重，只要你勤劳，凭你的手艺一定会把日子过得越来越好，会娶到如意的妻子。"俩人最后含泪依依惜别，冰姑娘还没走多远，便瞬间化作了一摊净水。

功夫不负有心人，几年后，李郎凭着手艺和勤劳把生活过得越来越好。翻盖了自家的房子，又添置了很多家居用品，成了附近家喻户晓的富裕户。

有了梧桐树，自有凤凰来。不久，临村一位貌美如花的姑娘相中了李郎，托媒人到他家提亲。二人一见钟情，结成了百年之好。

从此，三口之家过上了幸福美满的生活。

沈晓枫，1970年9月出生，汉族，现代汉语成人自考毕业。喜欢文学、摄影、旅游。现在从事个体经营。泰来县作家协会会员。

五月的丁香

还认得我吗？那年五月那一天，
我曾是一位美丽的姑娘，
为了爱情幻化成一簇簇丁香。
那捧洁白是少女的灵魂，那抹紫色是我梦的天堂。
我爱的那个人呢？
已然变成了柔柔的风，
每年五月这一天，都在我身旁甜蜜地荡漾……

哦！不认得我吗？在这热闹的五月，
迎着城市的霓虹开遍大街小巷，
美丽着繁华，装点着行囊。
我又伴着布谷，伴着插秧，
伴着农人的忙，开遍原野山岗，
点缀着绿色，见证着繁忙。
还有公路两旁，火车站月台的墙角，也有我的绽放，
为人生的旅途送上一路芬芳。

哦！认得我吧？

在这盛开的五月,纵然有疏影杏花,
纵然有桃之妖娆,纵然有杜鹃红遍,
纵然只有一季花开,我就是那簇簇丁香。
没有百转心结,没有芊芊惆怅,
我要开遍青山沃野,我要香浸红尘万丈,
我要纯洁得像高空的白云,我要灿烂得似海上朝阳,
我不再只是你眸中的美丽。

我的爱,更在远方……
认得我了吗?这五月的丁香!

蒋艳，女，1971 年出生于黑龙江省德都县永丰农场。大学本科毕业，在职硕士，从事教育工作二十多年。现在泰来一中工作。泰来县作家协会会员。

快乐幸福在哪里

劳动之于我一直是人生的短板。从事体力劳动，我的能力不及中等水平，而且常常会被周边的人们嫌弃，自小如此。我之于劳动便是兴致皆无。然而，在半个世纪的人生中，也有那么几次的劳动让我充满热情，无比快乐。

我早年生活在地广人稀的农场，我面前是一望无际的黑土地。尽管那时候我只是小学生，每年的春季、秋季学校还是要组织我们去参加劳动。农场为了调动我们劳动的积极性，培养对劳动的热爱之情，给予我们物质上的奖励，正是这种奖励让我们对劳动充满了乐趣，做起来不觉得辛苦。

春季当黄豆苗长到半米高的时候，我们的劳动任务是薅大草，把超过豆苗的杂草拔掉。每个人同时负责两垄，有的草多，有的草少。我们劳动这一天除去午饭外，会给我们两瓶汽水、三根麻花作为奖励。正是这些食物对我们充满诱惑。那是个物质贫乏的时代，麻花和汽水不是平常人家总能享有的。换言之，你有钱也不一定能买到。但是，这个诱惑不是因为我自己多么在意这麻花和汽水，而是因为我的太奶和弟弟特别喜欢这两样东西。太奶一直和我们在一起生活，每当父母给她买麻花吃的时候，我总能看到她笑得眼睛都小了很多,不住地吧嗒嘴,这个样子深深地印在了我的脑海里,所以,每当从事这种劳动时我的兴致都很高,也不觉得累了。每天回到家里把麻花送到太奶手里,看到她笑得合不拢嘴的样子,我的心里特别高兴;当看到弟弟喝着汽水时欢快的样子,我感到无比的自豪。

秋天,当一台台收割机把成熟的黄豆放倒,一辆辆机动车把黄豆棵拉到场院之后,我们开始劳动了。这时我们的任务是捡豆棵,把落下的成株的豆子捡回来,送到场院,有人称重量,然后计账,每天结算。我清楚地记得那几年都是一毛九分钱一斤。现在想想那纯粹是对我们的激励,因为我们每天都能拾二三十斤,在那个年代这是多么可观的收入啊!这个时候,有的同学计划着自己要买的东西,有的要回家交给家长,我就是后者。并不是父母向我们索要这笔钱,而是我们自觉给父母的。我们体会到父母生活的艰辛,希望他们能感受到我们的成长,更重要的是我们从他们的笑容中得到了幸福和快乐。

后来,每当父母和我的孩子说起这些事情的时候,都会对我或是我们那个时代孩子的行为给予高度评价。同时,还会发出感慨——现在的孩子是自己得到了才感到快乐和幸福。

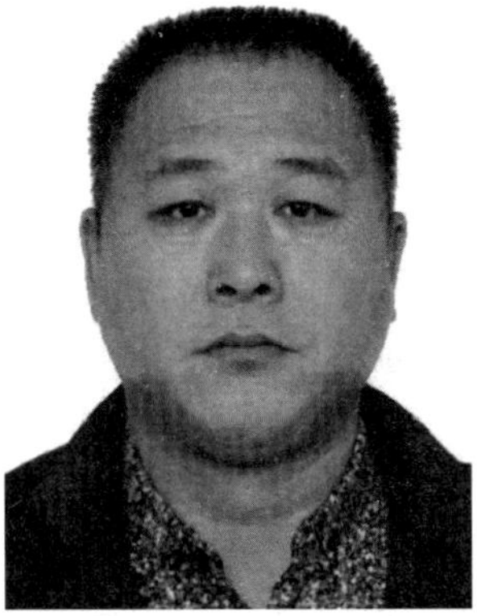

吕志喜,1972 年出生,泰来县和平镇人。高中文化。现从事警务工作。泰来县作家协会会员。

五月,如歌的行板

我钟爱五月,五月是那么的神奇,是那么的诱人,是那么的深邃,让我不忍不想!不忍割舍!

五月,是丁香花盛开的季节,怒放的花儿,如同脱蜕的蝉,努力地绽放着。

五月的风,轻轻的;五月的云,淡淡的;五月的阳光,柔柔的。五月,你好!

此时,想起柴可夫斯基的《D 大调弦乐四重奏》,虽没有像托尔斯泰那样泪流满面,却被那舒缓几近极致的旋律所折服,那优雅的韵律如同这五月的风,柔柔地轻抚你的脸颊,淡淡的忧郁,幽幽的流淌,让人不禁悸动……

五月,是草长莺飞的日子,是樱花烂漫的日子。一夜春风,会吹开你嫩芽般的希望,会吹开你农田的芬芳,似乎吹开拔节的声响。五月,任你勃发,任你向上。

我钟爱五月,她像一位少女。和着舒缓的风儿,如同伴随着这舒缓的音符,小心翼翼地款款而来。脚步是如此的轻盈,身姿是如此的婀娜,不温不火，就像这乡村的铁锅炖鱼，十里飘香。

五月，是孕育生机的破土，是鹅黄嫩芽尖尖的问世，却又不失倔强，大有初生牛犊不怕虎之势！

我钟爱五月，五月，有着太多太多的期许，有着太多太多的怀想！播种的不仅仅是春天，更是如期的希望！

五月是虹，一头连着晚春，一头连着初夏。阳光艳而不炽，云彩淡而不浓。

我钟爱五月，更让我想起席慕容的《如歌的行板》。每一个字，每一个词，每一句话，都如这音符缓缓地、静静地，甚至是在悄悄地起伏。这意境尽显无穷，让人不忍移情。当藏蓝脱去，换上淡淡的鸭蛋青，淡淡的，如同淡蓝的天，清清的，至纯至洁，无比神圣。而那一束束目光却从未失去果敢和坚毅，所有的柔情，只能埋藏心底！积蓄勃发，因了，肩负的使命！铁汉不乏柔情，巾帼不让须眉。

我爱五月，更爱这身淡淡的警衬。伴着淡淡的天空，尽显如此的祥和、如此的宁静、清澈、幽远、高洁……

赵晶铎，1973 年 3 月生于泰来县大兴镇套海湾村，中专学历。齐齐哈尔市音乐家协会会员，泰来县作家协会会员。

家乡的民俗风

套海湾是 个二面环水， 面傍山的小村庄。地理位置在泰来县的东北方向，约 80 公里，在大兴镇的东南方向约 20 公里。这里居住着约 140 户人家，约有人口 460 多人。这里是远近闻名的鱼米之乡，村里人大多数以种田为主业，打鱼为副业。我们这里环境优美，尤其到了夏季，更是景色秀丽，是游玩的好去处。村村通公路，交通十分便利。一天到晚要通 5 班次客车，主要通往大兴、汤池、昂昂溪、齐齐哈尔等地，给百姓出行带来了很多方便。我们村的儿童和青年人，都在外地读书或务工。在家的大部分人口，种地务农。我们这里主要种植：玉米、花生、绿豆、豇豆、板蓝根等作物。我们村的土地面积比较广袤，每家每户的土地面积都七八十亩，有个别多的达百亩以上。如果赶上好年景，家家户户的收入，也是很可观的。有的收入几万元、十几万元、有的承包大户能有几十万元的收入。所以这个村子，和别的村子相比，还算是挺富裕的。有线电视和数字光纤，也安装到了各户，极大地丰富了村民的文化生活和精神生活。家家户户的日子，也过得很火热！

我们这里一到 11 月中旬，就到了杀年猪的时节了。左邻右舍、亲戚朋友们都前来帮忙，一个多小时，就把一头三四百斤重的大肥猪，收拾得利利索索。酸菜锅里煮着新鲜的五花肉,灌好了的血肠也在开水锅里渐渐变熟。再炒上几个新鲜青菜,不一会儿就摆上了三五桌……亲戚朋友们围坐在一起,叙着家常,推杯换盏,这热闹的场景,饱含着浓浓的深情厚谊!

杀完了年猪,又到了包冻饺子的时候了。我们这里家家都要包上三四十斤面的冻饺子,包冻饺子时,也都要把亲戚朋友们请来帮忙。十来个人分工不同,有揪剂子的,有擀皮子的,剩下的人就是包饺子的,还得有一人是往外冻饺子的。这些人两个来小时,就完成了包饺子的任务。接下来又到了喝庆功酒的时候了。主家备好了酒菜,大家围坐在一起,边吃边喝,又是一幅难忘的画面!

日子一天天匆匆而过,转眼就临近了腊月。到了腊月二十四,家家户户都要扫除。就是把屋子里的灰尘统统打扫干净,准备着迎接新的一年的到来。民间有句谚语:“二十七杀年鸡,二十八把面发,二十九备好酒,三十晚上熬一宿。”我们这儿一到了腊月二十几,有的人家就把春联和福字,早早地贴上,门窗上贴满了福字和窗花,再挂上红红的灯笼,真叫一个喜庆!家家都在迎接着新年的到来,每年的这个时候,在外地的务工人员和学子们都要赶回家来过年。三十这天家家都要烹制至少十道菜肴,有的十余道。到了中午时分,先燃放鞭炮,然后再回到屋里吃年饭。一家人喝着美酒,品味着佳肴,畅谈着一年来付出的艰辛和努力以及一年来的收获,真是其乐融融!

三十晚上,每个人都要守岁。边看春节联欢晚会,边包饺子。有的到外面燃放烟花爆竹。伴随着喜庆的电视节目,吃着年夜饭,好一幅温馨的画面!直至难忘今宵的歌声唱响,才得以入睡,沉睡中迎接着新年的第一个黎明!大年初一的早上,鞭炮声响起。燃放完鞭炮,吃完早饭,梳洗打扮完毕后,年轻人都得到年长者或长辈家里去拜年。有的磕头,有的行礼,祝福长辈们身体健康、延年益寿,和长辈们畅谈着新一年的打算。我们这儿有个风俗叫请年茶,相当于亲友聚会。初二后都要互相宴请,亲戚朋友们聚在一起,举杯畅饮,谈笑风生,有的载歌载舞,好一幅热闹的画面!

日子一天天过去,到了正月十五以后,外出务工人员,又踏上了新的征程!在家务农的,也在为新一年的耕耘忙碌着!也都期盼着:又一个好年景的到来……

黄河，原名黄玉清。生于1973年，自由职业者。爱好文学、下棋、球类、旅游等。现为泰来县作家协会会员。

姥姥的柳条筐

“拉大锯，扯大锯，姥姥家门口唱大戏……”小时候每当我唱起这首儿歌，心里一直认为这是妈妈专门为我编的。因为在姥姥家的房后，是村里的两间碾房，但凡县里剧团下乡总是在那里唱大戏！其实我对唱戏不感兴趣，感兴趣的倒是姥姥的那只柳条筐。在我眼里，那筐仿佛是神秘的百宝囊，好东西全藏在里面。

筐就挂在外间屋的房梁上，整日烟熏热气蒸，通体油黑又透着些褐红，已看不出它的使用年头了。筐的直径有三十公分左右，是用春天里的细柳条剥去外皮编成的，好看的花纹，很是精巧。筐内如一座花果山，一年四季变换着色彩。夏季里是金黄的甜杏，还有雪白的蜜桃。过年期间房子里总是弥漫着苹果特有的甜味。最丰富的要算秋天了，红彤彤的鲜枣，淡黄的鸭梨，而紫微微葡萄上那巴掌似的绿叶，也悠悠地悬出筐沿……

我小时候嘴馋，姥姥家离得又不远，一想到吃水果，眼前就浮现出姥姥的柳条筐，于是撒腿就往姥姥家跑。姥姥晃晃悠悠地迎出来，拉我进屋，我却总是仰起头，定定地看房梁上挂着的柳条筐。姥姥便明白了，笑眯眯地搬来小木凳,颤颤巍巍地登上去,双手托下筐来,梨呀枣呀的随我抓,任我装。那时姥姥已六十多岁了,高个儿,一双小脚。我站在下面,常常觉得那小脚稀奇,一次次笑她,姥姥就赶紧下来,摇头叹气,也跟着笑。

装了捧了才进屋上炕。姥姥边看我吃,边讲些猫狗神怪的故事。姥姥的话真多,姥姥的故事也真多。只怪我那时心眼都在吃上,这耳朵听那耳朵冒了。但有个故事至今记忆犹新——“一个穷人救活了一只小鸟,那小鸟后来又叫来数不清的小鸟,口衔米粒飞来报恩,使那穷人过上了好日子……”

记得当时我问姥姥:“你那筐里也有小鸟叼来的东西吗?”

姥姥看着我说:“等我动不了了,你们的翅膀也就硬了……”

我那时虽小可也懂得感激,忙扯着姥姥的衣襟说:“等我大了,保证像小鸟那样,给您送来很多很多好吃的东西!”

姥姥高兴地笑了,笑出了眼泪。

儿时做梦,常梦见个子噌噌地往上蹿,长得真高呀,一伸手就摘下了姥姥的柳条筐……

这一年,姥姥静静地离我们而去了。

出殡那天,我两手颤抖着摘下柳条筐,见里面不多的几个白梨,已抽巴得只剩下一层皮包核。我突然意识到这筐可能再也不会往上挂了,眼泪吧嗒吧嗒掉下来,落在姥姥那只黑里透红的柳条筐上……

现在,我的女儿已上小学五年级了,常常握着我的手,身子前摇后晃地唱起:“拉大锯,扯大锯,姥姥家门口唱大戏……”我便在她童稚的歌声中,想念姥姥,忆起姥姥那只曾给予我无限憧憬、无限亲情的柳条筐。

李艳梅，女，1978年出生。泰来县作家协会、诗词协会会员。热衷于国学经典、唐诗宋词的学习和弘扬。爱好诗词创作，作品常在市县报纸、刊物上发表。

乙未年冬休假有感（外三首）

假期惬意，怡然自得。雪满长空，银装素裹。劲木傲冷凌霜，学童晚霞朝阳。得余时，内清外扫，烹制佳肴。有空暇，打理琐事，轻歌唱吧。

习文字以安门面，阅文章以操德行。先贤经典，导做人之法则。古文观止，感战场之硝烟。虽不能读一以知十，却也览前人之历，懂当下今时之功。以史明鉴，绕梁佳音。

假日告一段落，明朝就要出发。阳光渐暖，雪舞嫣然。闲适之光尚好，美好不独倚闲适。歌声荡涤烦恼，洒脱不唯赖歌声。想周公一日三吐哺，玄遂牛角以挂书。思宝剑锋从磨砺，梅花香自苦寒。方知：千里之行，始于足下。滴水之功，贵在有恒。

缘

仰向天空
凝望一朵白云
出尘飘逸

在眼前,也在天边
张开臂膀
拥抱一缕清风
温柔缠绵
在寰宇,也在指尖

或许
执着了一句千年的誓言
才又相见
有缘即无缘
一句禅心佛语

许你
世世清安

湖畔风光

亭榭风姿美,东临泰水边。
红楼镶绣画,绿苇抱长天。
簇簇花开盛,啾啾鸟唱欢。
谁能来此住?也做境中仙。

雨后漫步有感

湖东新雨后,路静气清凉。
远处蒙蒙雾,堤边密密墙。
秋风掀碧浪,垂柳洗铅妆。
雨露桑田饱,农人笑脸张。

李剑平，汉族，1992年出生，大专文化。县作家协会会员。负责县作家协会期刊及文友出版文集的装帧工作。

我们的“铁龙”

天降祥瑞，雪兆丰年。2018年1月15日的一场大雪让美丽的北大荒米业泰来食品科技有限公司银装素裹，分外妖娆，但同时，也给厂区的安全生产带来了很大不便。为了能让大家更加安全地工作，当天早上7点，在吕总经理和许副总经理的积极带领下，各级领导干部和员工们一同冒着严寒踏着冰雪为厂区清扫积雪。

本来大家在领导的指挥下都有条不紊地除着雪，但是，由于下雪量太大，雪层太厚，导致单个人的除雪能力有限，进度缓慢。于是，领导出了一个主意，一下就打破了雪大导致除雪慢的僵局。只见领导让大家排成一排，铲子一个压着一个、人挨着人、锹挨着锹形成了一条“铁龙”。领导一声令下，大家压着铁锹铲着积雪径直向前。由于铁锹互相压着，向前推的同时既借别人的力，又帮别人出力，在这种力量的带领下，第一次尝试还是比较成功的，推出了一大片。但是有些瑕疵，就是在向前的过程中我们的“铁龙”的动作有点大，形成了S形，在银色的地面上跳起了舞。虽然第一次尝试没有做到完美，但是大家看着彼此努力的样子，看着S形的“铁龙”都不禁哈哈大笑,在欢声笑语中大家感觉精神百倍、力量充沛。领导见大家如此热情高涨露出了满意的笑容。而后领导将大家的排列方式改变了一下,左右两侧稍微向中间用点力,让“铁龙”成半弧形前进,这次堪称“完美”。在“铁龙”的华丽横向前进下,一大片积雪被整整齐齐地推走,只留下干净的地面。在大家感叹集体力量伟大的同时,也对领导的指挥佩服得五体投地。这就是好领导的力量!一下就发现了问题并瞬间做出决定调整完善,这就是集体的凝聚力,服从命令听指挥,快乐工作、安全生产、快乐生活。

时间一分一秒地过去了。大家用铁锹铲,用笤帚扫,仅用了一个多小时就将一个干净的厂区展现在人们面前。热火朝天的除雪场面让大家忘却了北风呼啸的寒冷,团结一致的除雪情景,更增添了一份来自北大荒米业泰来食品科技有限公司冬天的温暖。

好期待下一次下雪,这样又可以和我们的“铁龙”相见了。

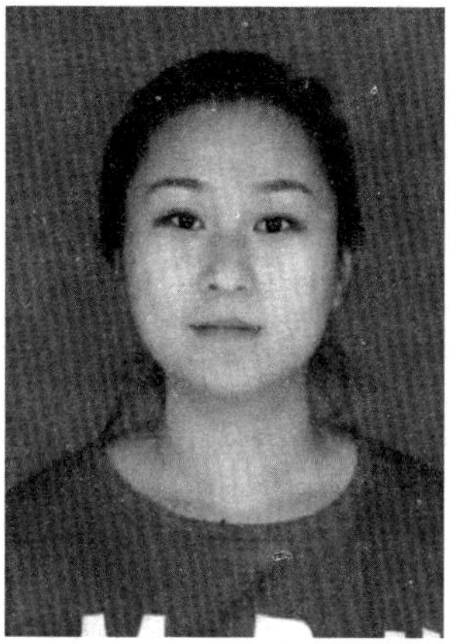

刘威，女，1992 年 4 月出生，大专学历。就职于泰来县人民医院。现为县作家协会会员。

大 连 行

——出发

开始一趟旅行，到底要有多少准备？从准备休年假初始，就充满着欣喜和兴奋，因为，今年是我带爷爷去旅行。

——第一天

坐了一整夜火车的爷爷和我，终于在 16 号早上 7 点半到达了目的地——大连。在酒店安顿下来后，我们就来到了宾馆对面的庆丰包子铺吃早餐，不得不说庆丰包了铺的茶蛋是很好吃的。稍做休息，我们开始了游览大连的第一站——老虎滩。天气很热，在做好防暑的同时，当然是不能忘记给我那帅帅的爷爷拍照呀。极地馆，梦幻得仿佛一个海洋迪斯尼；海兽馆，清楚地感觉到内心深处对与海洋建立自然亲密关系的强烈渴望；欢乐剧场，来看拥有超高人气的海狮和憨态可掬的海象。三个馆去过后，已经过了中午。稍事休息，我和爷爷来到了大连星海广场——这个亚洲最大的广场。广场上的“百年城雕”是纪念大连建市 100 周年时建造的大型雕塑。一本打开的书，两侧微翘，中间一条留下千双脚印的铜铸浮雕，构思独特，形神皆美，给人以震撼。

——第二天

有一个三面环海的滨海小城,叫旅顺口。历史给了旅顺口无比沉重的伤痛,也给其留下了无比珍贵的历史文化遗产。登上白玉山,俯瞰军港,那首熟悉的《军港之夜》旋律直在我脑海里打转。一望无际的大海与港口,已灯火辉煌。真的太美太美了,我无法过多地形容。由于时间的原因,没有去更多的景点。我们来到了东港,轻柔的海风吹着,很惬意,很舒服。

——第三天

今天的行程是金石滩,一个多小时的车程,我们到达了金石滩,和老虎滩一样,人很多。很开心的是今天见到了毕业后就没有再见的大学老同学。金石滩的沙子很细,阳光也很足。三五成群的游客,有搭帐篷的,有玩水的,有嬉笑聊天的。我们也租了个大伞坐在了岸边,吹吹海风,蹚蹚海水。休息过后,向着第二站出发,那就是蜡像馆和奇幻3D体验馆,好在这两个馆相隔不是太远。进馆后,我小心地搀扶着爷爷,发现爷爷看得特别认真,不由开心地想,选对地方了,一路上我拿着手机拍个不停。傍晚,我们来到了大连最大的海鲜美食城。人,那叫一个多啊。还好没等多久,我们就有了就餐座位。海鲜个个鲜活,自选后直接上锅蒸熟,那其中的美味,无与伦比。

——第四天

触手可及的海滨,无处不在的广场,上坡下坡的丘陵路和三岔路口,宰客毫不手软的景点卖家……当然,最美的是棒棰岛。早晨,我们沿着滨海路向棒棰岛出发。依山傍海,风景秀丽,海风习习,和爷爷站在岸边感受着海滨城市不一样的风土人情。回宾馆休息过后,天空竟然淅淅沥沥地下起了小雨,仿佛不想让我和爷爷踏上傍晚回家的列车。

——返程

火车上,闭上双眼,几天的经历如画面般浮现……

以前讨厌看那些游记之类的东西,以为别人的所见所闻,不如自己亲身体会,旅行感悟私人色彩太重,找不到共鸣。然而,当自己静静写下这些旅行感悟时,却好希望能找到倾听的心。这次旅行,一路的跟随中,看到的总是爷爷的背影。虽没有步履蹒跚,却有着一丝争不过岁月的沧桑。我不知道爷爷站在这片30年前站过的土地上,是一种什么样的心境。有时候看着他呆呆地望着远方,我总是上前拍拍他的肩膀,像是叫醒他一样。旅行一路下来,不得不说,如果没有照顾周到的张叔,一路开车追随的董叔,还有热情的王叔……这次的特殊之旅不会这样顺利,真的很感谢你们。

离开了,我热爱着的这座城市——大连。再见了,我热爱着的那些人……

杨立,女,1997 年出生。在校大学生,就读于长春理工大学光电信息学院。泰来县作家协会会员,齐齐哈尔市书法协会会员。2011 年在国家语文报发表诗歌《那年夏天》。

属于你(外一首)

全部的空余时间
都将属于你
为了你
我会用尽全力
在圈禁我的
这片土地,逃离

我们一起去看看
姗姗而来的秋
一起去听听
娓娓动听的曲

全部的空余心情
都将属于你
爱着你
我会绞尽脑汁
在你迷茫时
助你坚定地向前走去

我们一起体会
人间的苦疾
一起去品味
人生的意义

全部的空余
都将属于你
怨你也爱你
怨你夺走了我所有的空余
爱你填满了我所有的空余

希　　望

我愿,我是一本书
你没有翻过的书
翻开,就不想放下

我愿,我是一片风景
你没有见过的风景
见了,就不想离开

我愿,我是一首曲子
你没有听过的曲子
听了,还想再听

我愿,我是一个无比瑰丽的梦
你来了,就再也不会走

才源,笔名红枫,大专文化,中共党员,中级会计师,泰来县作家协会会员。喜欢文学,酷爱诗词,于 2006 年开始在网络文学网站发表作品。

余　晖(外七首)

暮烟生远陌,江色入天郊。
落日渲樵径,余晖渡拱桥。
月朗空山静,云霄向晚高。
人花香染步,归鸟驾松涛。

读《闲草微吟》有感

寸草微吟有洞天,思维逆向续新篇。
填词赋曲藏忧患,评道论诗始坐禅。
常颂人间真善美,疏迎世上假狐仙。
心中无欲也无惑,唯与书香结善缘。

学　诗　艰

诗门初涉步维艰,遍地荆棘令胆寒。
学海无涯难撒网,书山有路似围栏。
悬梁刺股勤为径,笔墨耕耘苦亦仙。
三尺结冰非一日,功成数载也心甘。

登峰

古松迎客碧云驰，瑞霭连天任动移。
字镂巨岩千幅画，风摇红叶一首诗。
凡俗远去昭真趣，鸿雁高翔秀丽姿。
何惧征途多险阻，峰登绝顶最心怡。

金银藤

翠叶茵茵身似绳，金苞银蕊自横行。
风来摇曳香溢远，雨打多姿润古藤。
扶院庇荫宅户旺，抱崖枝蔓峭山蓬。
清热去火当茶饮，调理阴阳健体能。

注：兴城生有一种类似常青藤的攀爬植物，很多院墙房屋栏杆旁种植它，顺墙而上，郁郁葱葱，既装饰又遮阳。

鹧鸪天·诗趣

格律推敲仿古人，行行平仄醉心神。倾情欲写淑真体，提笔难描清照痕。　　唐宋韵，楚辞魂，经风历雨不沾尘。轻愁淡绪融诗卷，铁画银钩赋暮云。

鹧鸪天·六月景

六月江天百草馨，白云渺渺客南巡。泰湖水澈芦花旺，绿野田边飘紫裙。　　千鸟闹，万蝶临，枝间青果惹童群。清风皓日微波闪，布谷声声赞耕耘。

鹧鸪天·路边野花

紫陌羊肠野草花，风吹雨润就发芽。千人过此凝眸赏，万客临之俯首夸。　　风款款，雨沙沙，自生自灭自芳华。朝迎旭日微微笑，晚送夕阳看暮鸦。

王黎明,1956年8月出生于泰来县克利镇龙庆村,1979年10月参加工作。泰来县作家协会会员。2017年11月开始诗歌创作,现有120多篇(首)在国内网络媒体上发表。

也说红豆(外七首)

谁将红豆写成诗,花谢依然恋故枝。
一旦吸足精髓饱,出荚抛向万人痴。

观熊猫繁殖基地

竹石苍翠掩枝间,国宝悠然树上眠。
憨态迷人游客醉,流连忘返至天阑。

赞东方虞美人

贵胄出身旺族家,菊讥梅妒艳芳华。
只缘酷似毒株草,自在逍遥乐天涯。

腊八快乐

蜡梅遇瑞绽芬芳,八角冰凌护蕊藏。
快降氤氲服绿叶,乐赐五艳递馨香。

赞沙漠玫瑰

生在沙缘干肿僵，浩茫瀚海鲜刚强。
本无半点娇花事，却是十分姹紫芳。
赤日炎炎尤淡定，罡风猎猎不彷徨。
甘霖一遇从天至，弥漫乾坤美与香。

念奴娇·缅怀领袖毛泽东

音容永驻，在高天万里。何人能拟？丹旭东升驱暗夜，拉朽摧枯甄弊。苦难神州，千疮百孔，圣手擎天起。江山重绘，恰风流宇寰旖。　遥想革命生涯，历经磨难，九死一生唤起农工千百万，指点宏图希冀。断壁新垣，废墟缮厦，世界彰奇迹。水晶棺里，导师当领国祭。

一剪梅·访京西郊曹雪芹故居

远去皇城觅僻郊，槐柳疏枝，茅舍围蒿。孤灯滴漏伴凄凉，奋笔红楼，青史独鳌。　交迫饥寒衣米糙。貂袖空思，馐馔如糟。心机费尽铸铅华，贾雨村言，千古啼滔。

江城子·金银滩寻歌王

耆年逝去曲悠扬。慢思量，貌难忘。千般寻觅、西部美歌王。遥远不毛难落雁，逐牧令，采风装。　晚风拂煦梦回乡。草银床，牧羊忙。鞭少女持、歌起过山梁。愿伴雨中风里走，弹牧曲，遍山岗。

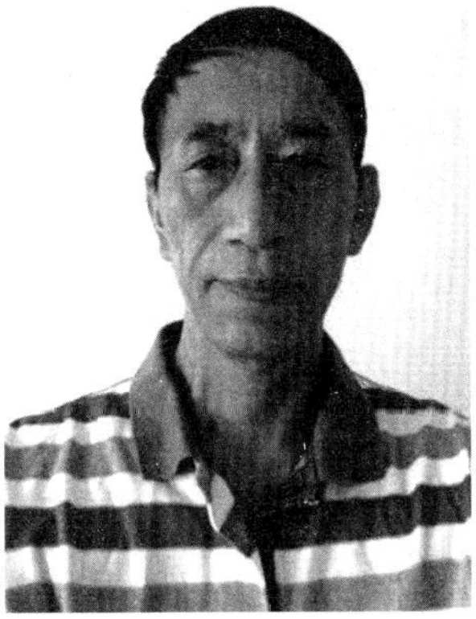

孙延生，男，泰来县平洋镇山头村人。1955年7月出生，1973年5月参加工作，2015年7月退休。泰来县作家协会会员。

看电影留下的永久记忆

我的童年、少年全都是在农村度过的，那时若能看场电影不知是一件多么快乐的事了！

在过去，每当提起农村就自然而然会想到穷。“穷”是农村的代名词，而且“穷”是全方位的。什么吃、穿、住、行，什么劳动手段，什么精神文化，都在这个“穷”的组合里。死气沉沉的生活，不用说看文艺演出，就是看一场耍猴都像是一顿大餐，无疑看场电影就想当然是最丰盛的大餐了。

那时，农村人常年看不到报纸、书刊，专业戏剧团体也很少光顾这片土地。电视、电脑是他们还没有听说过的新词汇，有收音机的只是个别户。

感到更神奇的是，电影屏幕里人竟会走动、会说话，动物会跑、会叫，跟真的一模一样，我怎么琢磨也没琢磨出来到底是咋回事，真的很让我百思不得其解。尽管都是黑白片，我似乎能看到其中缤纷的色彩……

我跟众多小朋友一样，最喜欢看电影了，由于条件有限，一年也看不到几场。电影下乡的次数很少，全公社只有一个电影放映队，轮流到各村屯放映。露天电影冬天不能放，雨天不能放，周日、节假日放映员休息不能放，一年能到我们村里最多也就四五次。在温饱还没有解决的年代，农村人想吃顿饺子很难，他们想看场电影可能远比吃饺子还要难。

听说放映队到村里了，孩子们高兴得能蹦得很高，大人们也是高兴得奔走相告。见面的第一句话就是"今天来电影了"。"真的吗？你别骗我了，是真的那我可得早点收拾收拾家里的活儿，别耽误看电影。"每家每户都是这样为不耽误看电影忙活着……

看电影不单单是看屏幕，还有很多的热闹可看。特别是启动发电机的现场，都觉得新鲜，围着的人足足有好几层，围得水泄不通。那时电网还没有进村，放电影用电就要靠自带的发电机供给。发电机不大，说它离开汽油不行，是靠喝汽油活着的。我就见那师傅拿工具捅捅这，动动那，还要在一个按钮上按几下意思是供供油。然后，把一根绳子紧紧缠绕在发电机的轮子上，绳子缠好了，缠结实了，他差不多使尽了全身力气，猛地一拽，发电机就嗒、嗒、嗒地就响起来了。顺利的话一次成功，不顺利就得一次次反复这样拽。机器启动着了，灯也亮了，在场的人一阵欢呼，转一会儿又灭了，欢呼声也跟着没有了，一下子变得鸦雀无声……

演电影那天是人最集中的一天，来观看的不只是本村人，还有邻近周边村的人，房上、树上、墙头上都是人，人山人海。好的电影一般都要看几遍，在本村看完还要跟随放映队到别的村去看，最远的要走七八里路。最受欢迎的是战斗故事片和反特故事片，像《地道战》《地雷战》《三进山城》《铁道卫士》《小兵张嘎》等都是那个年代看的电影。

看电影——深深刻在记忆中的那道风景正渐行渐远，如今不论是精神还是物质，一切都发生了改变。互联网的普及，使家家都有一个随时可以看的电影院了。

追忆过去的时光总是最美好的，回首往事也总是让我有不尽的感慨。我细细地咀嚼着、品尝着；苦苦地寻找，寻找着当年看电影的那种感觉、那种味道……

刘长发,1951年出生,大专文化。曾在坦克五师十八团任政治教导员,1985年转业回到泰来县发改局任职。退休后习诗创作,丰富生活。现为泰来县作协会员。

晨曦浦江(外六首)

晨曦瞭望看浦江,旭日东升放彩光。
大厦入云接地气,明珠屹立更辉煌。
虹桥横跨通红运,船舶扬帆喜事忙。
金色水区财富道,中心贸易好经商。

中元节

呜呼哀叹又中元,眼望山峦泪洒干。
思念亲人情意切,天堂父母似神仙。
焚烧冥币说心愿,祈祷英灵富贵全。
忆往人生多患难,今昔祭祀佑平安。

秋月

一抹夕阳落地归,一轮明月照天晖。
星星点缀繁华起,道道祥云惬意遂。
桂树花香飘万里,嫦娥曼舞笑颜随。
秋黄遍野陶人醉,庄稼丰收硕果垂。

处　暑

夜长昼短变天凉，处暑残阳热不强。
早晚温差行各事，离愁染尽去颜妆。
南飞雁阵情思旧，黄鹤出巢去远方。
异恶未伏秋老虎，只顺雷震雨激扬。

忠　魂　志

戎马生涯好梦缘，友情相遇在当年。
蹉跎岁月同甘苦，强国戍边聚战前。
铁甲骑兵多惬意，科学训练智能全。
光荣使命忠魂志，铁壁铜墙倭寇寒。

“温比亚”北上

由南向北暴风狂，大雨瓢泼路变塘。
车辆劲前如舶渡，行人过往浪花蹚。
城区积水街心涝，抢险救灾前线忙。
蒙难之间互赞助，军民共建盛吉祥。

“台独”必亡

祖国山河满地花，繁荣昌盛大中华。
野心空菜玩独立，扑火飞蛾要自杀。
愤怒军民齐上阵，厉兵航母待出发。
外来干涉强权政，万炮齐轰滚老家。

后　　记

《泰来作协文萃》载着浓浓的乡土气息，即将出版印刷。这本书是泰来县作协人，经过几十年的文学积淀与县作协成立六年来的逐步提升而创作的文学精品。

文集编辑了泰来作协89名会员中85人的作品，其中：诗词158首，诗歌19首，散文59篇。作品紧扣时代脉搏，彰显黑土情怀，抒发了作者们对生活的热爱与感悟，体现了“小城文人”的风采。

本书的出版首先得到了县委、县政府领导的关心和大力支持，县委宣传部、县文联的领导予以关注，在此表示感谢。另外，要特别感谢的是渤海大学退休老教授、泰来作协首席顾问董学章老师的热情捐赠。是他2016年首先提议出版一本“泰来作协人”的专集，并捐资5000元。作协编辑部老师们历经两年的收集整理，完成了老先生的心愿，为泰来群众文学的发展增添了色彩。

在此书出版过程中还要感谢黑龙江人民出版社副社长李梅老师，她专门为本书装帧设计和热情指导；感谢作协名誉主席迟培恒老师为本书题写书名；同时感谢本书编委会的各位老师的倾心奉献。

本书在整理过程中，难免出现各种差错，在此我代表编委会成员说声抱歉，并热忱希望各界文友批评指正。

编　者
2018年秋